インサイド
INSIDE
この壁《かべ》の向こうへ

佐藤まどか

静山社

インサイド
INSIDE
この壁《かべ》の向こうへ

INSIDE

Contents

もくじ

図版／S.K.

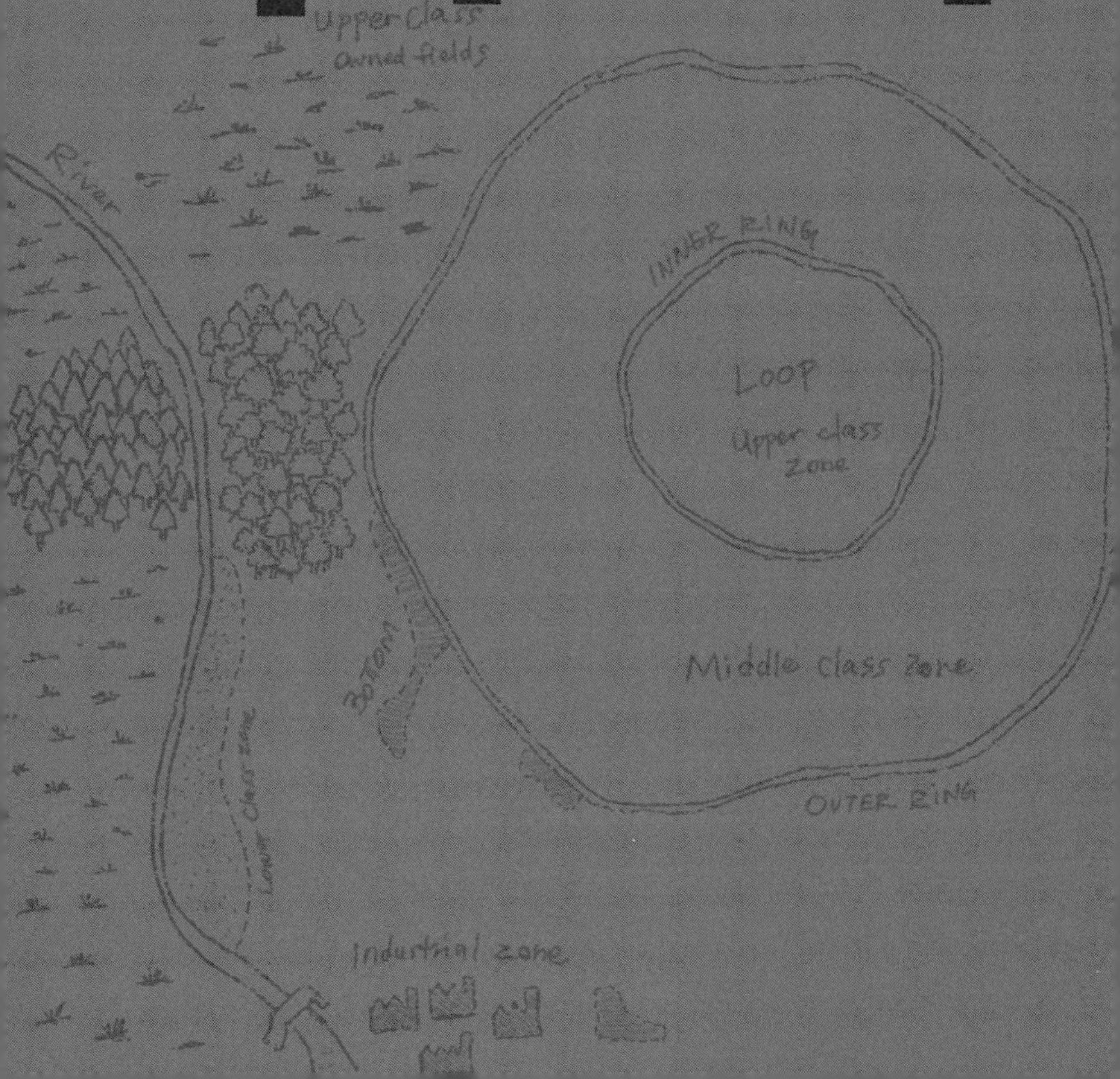

Upper class owned fields
River
INNER RING
LOOP
Upper class Zone
Middle class zone
OUTER RING

INSIDE
Characters
主な登場人物

キイ　下流階級の児童養護施設《しせつ》で育った十三歳の少年

カイト　キイの兄。十五歳

マユ　中流階級の娘。十四歳

マシュラ　年齢不詳《ねんれいふしょう》（十一歳ぐらい？）の不法移民の少女

レイジン　上流階級の財閥《ざいばつ》の次男。十三歳

タタン　流浪《るろう》の民の子で戦争難民の少年。十五歳

コーチ　子どもたちを指導する大男

サポーター　武芸に秀《ひい》でた小柄《こがら》な女性

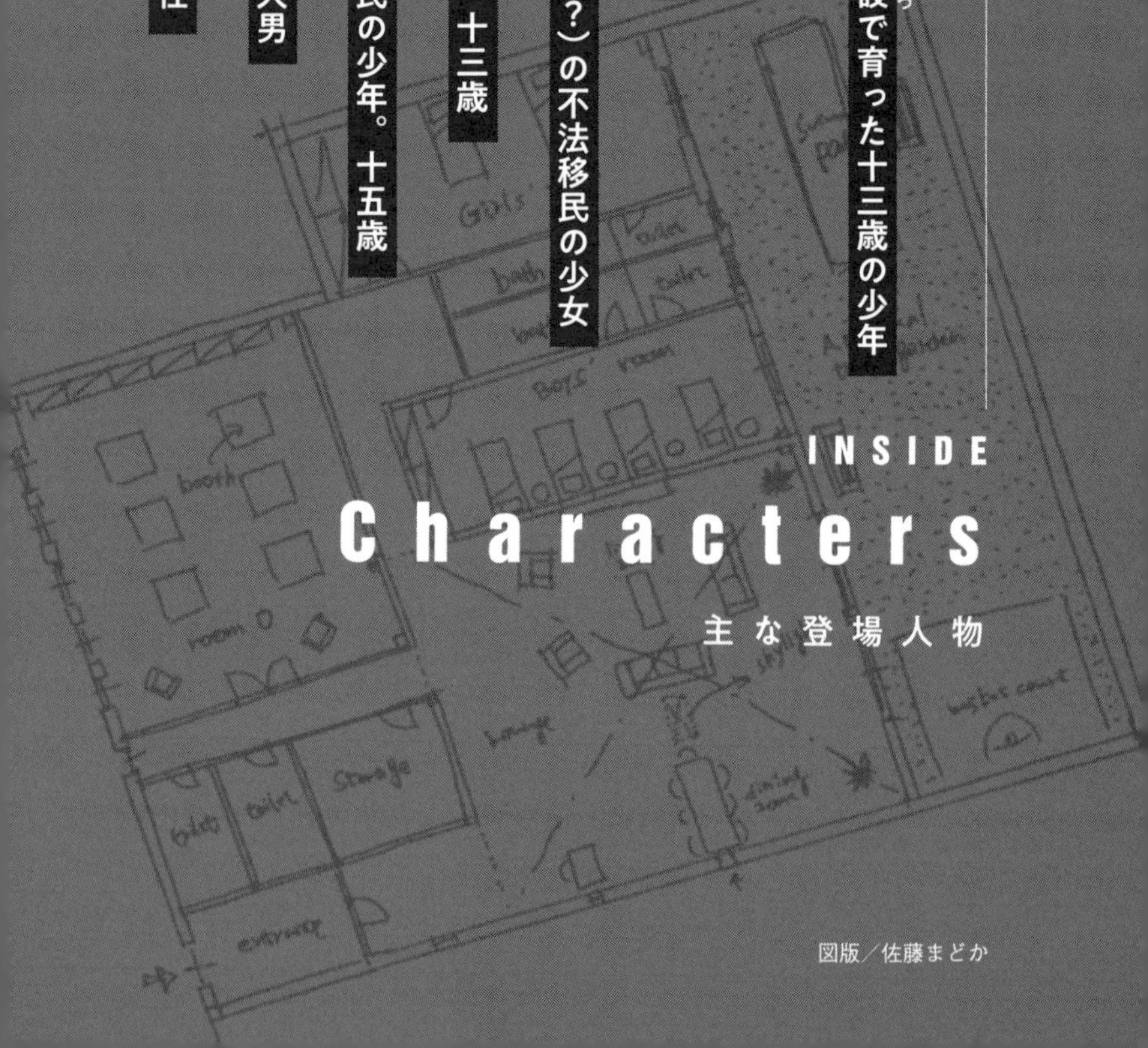

図版／佐藤まどか

0　階級社会

「そいつを捕《つか》まえて！」

甲高《かんだか》い叫《さけ》び声が、静かな道に響《ひび》きわたった。

ふり向いた瞬間《しゅんかん》、紳士《しんし》は地面にたたきつけられた。うしろからやってきたホバーボードの若い男に突《つ》きとばされたのだ。女性たちが悲鳴をあげた。

紳士《しんし》が手にしていたはずの鞄《かばん》は、もうなかった。

「だいじょうぶですか？」

「ループも治安がわるくなってきましたなあ」

集まってきた人々が、口々に不満をもらす。

ループと呼ばれる内環状線《うちかんじょうせん》内のこの地区は、大都市キトーの中心地だ。

上流階級が所有する土地で、彼《かれ》らの居住区であり、議事堂、官公庁、有名私立学校、銀行や大企業《だいきぎょう》の本部、高度医療《いりょう》私立病院や高級ホテルなどがある。街路樹が整然と並んだ石だたみの道沿いには、高級ブティックやレストラン、しゃれたカフェが並んでいる。

ループの外側には、この国の大半を占《し》める中流階級の人々の住宅や一般企業《いっぱんきぎょう》、学校がある。そこを抜《ぬ》けていくと見えてくる外環状線《そとかんじょうせん》のさらに外側は、荒廃《こうはい》した下流階級地区だ。

紳士《しんし》は、腰《こし》をさすりながら立ちあがり、ようやく来た警官をどなりつけた。

「遅《おそ》い！　なにをしていたのかね？」

警官二人は紳士《しんし》の身分を確認し、首をすくめた。

「これは議員殿《どの》。申し訳ございません。人手不足《ひとでぶそく》なのです」

「中流階級などは放っておいて、ここループを重点的に警備するべきだろう！」

「そうしているのですが、最近、犯罪件数が急増していまして。被害《ひがい》はございましたか？」

「ああ。買ったばかりのダイヤモンドの指輪が入っていた鞄《かばん》ごと、ひったくられた」

紳士《しんし》は怒《いか》りを抑《おさ》えつつ言ったが、ひったくりを追いかけるのをあきらめた派手《はで》な身なりの十代半ばの少女は、甲高《かんだか》い声でわめきちらした。

「ボードを盗《と》られたの！　この道は使用禁止だから、店の前に置いておいたのに！」

盗難届《とうなんとどけ》の手続きをすませた紳士《しんし》はレストランに入り、入り口で帽子《ぼうし》を預け、窓際《まどぎわ》の席にすわっている女性のほうに向かった。

「遅《おく》れてすまない。ひったくりにあったものでね」

「まあ、ひどいわね。ケガは？」

光沢《こうたく》のあるスーツを着た中年の女性は、紳士《しんし》をあわれむような目で見た。

「ケガはないが、大枚《たいまい》をはたいて買った宝石を盗《と》られた。不吉《ふきつ》な予感がするな」

「ただの偶然《ぐうぜん》よ。きっと、お店を出たときからつけられていたのね」

給仕係《きゅうじがかり》が来て、うやうやしくあいさつした。紳士《しんし》は給仕係《きゅうじがかり》にあごであいさつを返し、女性のほうを見てため息をついた。

「警官も警備員も足りないとは、ループも落ちたものだ」

「ループ内は人手不足《ひとでぶそく》だけど、さすがに下流階級の人間を雇《やと》うわけにはいかないわ」

「やはり、あれしかないか……」

「ええ、まずは先に税法を変えて、ループを特別行政区にするところからね」

「特別行政区どころか独立国にしたいぐらいだが、まずはそれだな。しかしこの計画に反対する議員が半数ほどもいるのだ。こまったものだよ。こうして地道《じみち》に経済界の大物《おおもの》を仲間にしていかねばな」

美しく盛られた前菜をフォークでいじりながら、女性はうなずいた。

「反対派の懸念《けねん》は、中流階級の一般《いっぱん》市民のことよね？　まあ、いくら彼《かれ》らが従順な羊人間《シープル》でも、ループから閉《し》め出されたら不満を持つでしょうね。それに、うちの会社の一般《いっぱん》社員やガードマンがループに入れなくなったら、こっちもこまるわ」

前菜を一口《ひとくち》食べてフォークを置いた紳士《しんし》は、発泡酒《はっぽうしゅ》を飲みほした。

「時間制限付きのループパスポートのようなものをつくればどうだ？」

「それはいい案だわ。でも、いずれ外環状線《そとかんじょうせん》の外にも壁《かべ》を建設しろと言いかねないわよ。一般《いっぱん》市民も下流階級や底辺《ボトム》には迷惑《めいわく》しているでしょうから」

「そのころはすでにわれわれには関係ない。中流階級の予算でやってもらおう」

二人の笑い声が響《ひび》いた。

紳士《しんし》はレストランの中を見まわす。みな、初老の男女だ。

「ループは高齢化《こうれいか》がひどいな。なぜ下流階級にばかり子どもが生まれるのかね？」

女性はクスクス笑った。

「どうせ施設《しせつ》に置き去りにするくせにね。そういえば、Aランクの孤児《こじ》を養子にするという動きがあるらしいわね？」

「ああ。だが、下流階級の孤児《こじ》に良い環境《かんきょう》や教育を与《あた》えたところで、ループにふさわしい人間にすることなど、遺伝子的に不可能だと思うね。子ども型ロボットでも導入するほうがましだろう。ところできみは、なぜきみの優秀《ゆうしゅう》な遺伝子を継《つ》ぐ子を産まなかったのか？」

女性はクスクス笑いながら、首を小さく左右に振《ふ》った。

「子どもが苦手なのよ。信頼《しんらい》できる乳母も不足しているわ。里子《さとご》に出して、十二、三歳《さい》で引きとるという方法ならよかったかも」

「まさか、きみまで孤児《こじ》を養子にしたいなんて、言わないだろうな？」

「ふふふ、トリプルAランクの子なら考えてもいいかもしれないわね」

真夜中、少年が音も立てずに走っていた。

彼《かれ》の背後からは、袋《ふくろ》を背負った若者が数人走ってくる。中流階級の住宅地から、貧困はびこる下流階級地区にもどってくるところのようだ。

その様子を見ていた路上生活者は、ため息をついた。五十代後半の男だが、見た目はすっかり老人だ。階級社会の一番下である底辺《ボトム》の最年長グループに属する。

男は、疾走《しっそう》する若者たちが空き巣や強盗《ごうとう》を続けている窃盗団《せっとうだん》であることを知っている。彼《かれ》も若いころは下流階級で暮らしていたが、犯罪を繰《く》りかえし、逮捕《たいほ》され、底辺《ボトム》に落ちた。

この国では、一度有罪判決を受けた者は、もう二度と社会に受け入れられないのだ。

だからこそ、男は、あの少年たちに強盗《ごうとう》の手先をやめさせたい。

先頭を走っていたあの小柄《こがら》な少年は、たまにわずかな食料を恵《めぐ》んでくれる。たった一回、だれかになぐり倒《たお》され気絶していたところを助けてやっただけだが、それから時々、食料を持ってきてくれるようになった。まだ子どもにさえ見えるのに、死んだような目つきをしている。

底辺《ボトム》の犯罪者たちは瀕死《ひんし》の男など見向きもしないが、あの少年は、まだそこまで心が荒《すさ》んでいないらしい。きっとどこかで盗《ぬす》んだ食料を恵《めぐ》んでくれたにちがいないが、少年を説教する立場ではないことを、男は自覚している。そして、罪悪感を感じながらも、その食料をひたすら待っている自分を嫌悪《けんお》もしている。

　この国は、唯一《ゆいいつ》の都市であり首都でもあるキトーと、地方の農村から成る都市国家だ。少数が富と権力、土地の所有権をにぎる階級社会である。大きく分けると、上流階級と、それ以外だ。上流階級だけは生まれつきの絶対的な特権階級である。

「それ以外」とは、「中流階級」、そこからはみ出した「下流階級」、さらに不法移民や刑期《けいき》を終えて出所した者たちから成る「底辺《ボトム》」と、レベルが分かれており、上から下へは簡単に落ちる。下流階級から中流階級へ這《は》いあがれる場合はあるが、人権をなくしたも同然の「底辺《ボトム》」から下流階級に這《は》いあがるのは、ほぼ不可能だ。

　国の大多数を占《し》める中流階級の人々は、現状保持と快楽以外に興味はなく、政治に無関心であり、この階級社会に甘《あま》んじている。

　偽善《ぎぜん》と妄信《もうしん》に満ちた社会、そして弱者を犠牲《ぎせい》にした表向きの安泰《あんたい》は、カビの臭《にお》いを放ちながらくずれていこうとしている。

1　カウントダウン

キイは寝《ね》ぼけ眼《まなこ》をこすった。

首をねじると、パイプベッドがあと三台、横に並んでいるのが見えた。

「ああ……」

思い出した。昨日の夜、ここに連れてこられたのだった。

向こう端《はし》のベッドでは、兄のカイトが口を半開きのまま、まだ寝《ね》ている。キイとカイトのあいだのベッド二台は、空いたままだ。

神経質なキイとちがって、カイトはどこでも寝《ね》てしまう。連日のように深夜徘徊《はいかい》をするから、明け方に熟睡《じゅくすい》するクセがついているのだろう。

真夜中にキイが目を覚ますと、兄はいないことが多かった。カイトがどこに行くのか、なにをしているのか、教えてくれたことはない。兄の人生に、弟はいない。おなじ空間を共有しているときだって、キイはいないも同然なのだ。

一度目が覚めてしまうともう眠《ねむ》れなくなるキイは、あれこれ考えをめぐらせる。

ここは留置所でも少年刑務所《けいむしょ》でもなさそうだ。自分たちがあえて「ホーム」ではなくただの箱という意味で「ハウス」と呼んでいる児童養護施設《しせつ》の職員たちは、今回の件をあらかじめ知っていたのではないか。キイとカイトを追い出すにあたって、職員たちはほっとしたようだった。

考えるのをやめて、キイはむっくり起きあがった。ベッドサイドテーブルに浮《う》かびあがるエアークロックによると、六時五十五分。外はもうすっかり明るいはずだ。

窓の外を見ようとしたが、なにも見えない。開かない窓には、電子シェードがあるようだ。それが閉じた状態になっているから外は見えないが、開けるためのボタンがない。うす暗いレッドランプの光に照らされて、髪《かみ》の毛がぐじゃぐじゃになっている自分が、ぼんやりと映っているだけだ。

キイはカイトを起こしにいったが、ゆさぶっても、カイトは目を開けない。

「おい、カイト、起きろよ！」

カイトは寝返《ねがえ》りを打ち、ほんの少し目を開けた。

「うるさいな、オレはもうすこし……」

カイトが言いおわらないうちに、天井《てんじょう》の照明がついた。ほぼ同時に、電子シェードがウイーンと小さな音を立てていっせいに開いた。朝の光は入ってくるが、二重ガラスがすりガラスになっていて、外の景色《けしき》は見えない。

キイがまぶしくて顔をしかめていると、金属的なアラーム音が鳴りひびいた。

「あー、うるせえ。どうやって止めるんだ？」

突然《とつぜん》アラーム音が止まり、スピーカーからアナウンスが流れた。

——今から五分以内に身支度《みじたく》を整えラウンジに集合。クローゼットのユニフォームを着用し、時間を厳守するように。

クローゼットに近づきながら、部屋の中をよく見てみる。老朽化《ろうきゅうか》の激しいハウスと比べると、ここはとんでもなくきれいだ。天井《てんじょう》も壁《かべ》も真っ白で、床《ゆか》は光沢《こうたく》のあるグレー。室内ばきで歩くと、キュッキュッと鳴る。

家具もすべてグレーで統一されており、触《さわ》るとひんやりしている。あらゆるものが秩序《ちつじょ》正しく並べられており、チリひとつ落ちておらず、シミひとつない。

しかし、なぜか違和感《いわかん》がある。人工的。そんな言葉がピッタリくる。上流階級が所有している、高さや幅《はば》がそろえられた川向こうの植林地帯のようだ。

身長体重のそろった兵士たちが「気をつけ！」の姿勢で立っているかのようにきっちりと等間隔《とうかんかく》で並ぶ植林をはじめて見たとき、十歳《さい》だったキイはショックを受けた。ハウスの職員に怒《おこ》られて逃《に》げ出し、数時間歩いてたどり着いた先が、その植林地帯だった。おなじ林でも、自分が育った下流階級地区の雑木林《ぞうきばやし》とは、まるでちがう光景だった。

雑木林《ぞうきばやし》を冒険《ぼうけん》するのは楽しい。大小さまざまな植物や木や虫、ヘビ、たまに渡《わた》り鳥などがいる。だが、あの植林地帯には、雑草はおろか虫さえもいなかった。余計なものはすべて排除《はいじょ》され、除草剤《ざい》や殺虫剤《ざい》でコントロールされた、異物が存在しない世界だった。

昨晩与《あた》えられたパジャマ代わりのトレーニングウエアから、クローゼットの中に用意されていた白いポロシャツと、ダークグレーのチノパンツに着替《きが》えた。

「だっせぇ」

自分の服装を見て、苦笑いをした。昨日着ていた私服はなくなっていた。特に好きな服ではないし、ただの着古したジーンズとTシャツだが、愛着があるのだ。捨てられたらたまったものではない。クローゼットの引きだしも開けてみたが、中にあるのは真新しい下着や靴下《くつした》、タオルなどで、自分の服はどこにもない。

悪態をつきながら、キイは部屋の奥《おく》にある洗面所に行く。新しい歯ブラシが置いてあったが、口だけゆすいで、香りのよい液体石けんで顔を洗い、鏡を見た。

いつもとおなじだ。

わるい目つきは、洗い流せるものではない。

＊

カイトは熟睡《じゅくすい》できなかった。いろいろな考えが頭の中をめぐり、一晩中目がさえていた。寝具《しんぐ》が良すぎたせいかもしれない。

やっとうとうとしだしたころ、キイに起こされた。

アラーム音が鳴りひびき、カイトは仕方なく起きあがった。

アナウンスの「ラウンジ」というのは、昨日通ったリビング兼《けん》ダイニングルームのような広い部屋のことだろうと思い、着替《きが》えてだらだら歩いていく。

そこは寝室《しんしつ》よりもはるかに照明が明るかった。

その妙《みょう》な明るさはうそくさい幸せの押《お》しつけのようだと、カイトは顔をしかめた。カイトはうす暗い部屋のほうが好きだ。

ここには窓の代わりに、巨大《きょだい》なガラス戸がある。しかし、これも電子シェードで白っぽくなっており、外は見えない。

キイがガラス戸を開けようとしているが、びくともしない。どこかで電子錠《じょう》をリモートコントロールしているのは明らかだ。それなのに何度も試みているキイを、カイトはあきれ顔で見た。ピッキングの名人といわれる自分でさえ、鍵穴《かぎあな》のない扉《とびら》を開錠《かいじょう》することはできないというのに。

キイは、考えるより先に行動し、たいてい問題を起こす。自分は、考えぬいたあげくに、動くとなれば、静かに素早《すばや》く実行に移し、そうそうミスはしない。ふたりは、相反する存在だ。弟はエネルギーをムダ使いしているようで、見ているだけで疲《つか》れてくる。

＊

どの窓も開かないことがわかると、キイは閉じこめられているかのように、息苦しくなってきた。エアコンが作動しているから酸素が不足しているわけではないが、どこかの窓が開いているほうがおちつく。

カイトがいつものようにだらりとした姿勢で歩いてきたが、今にも地面にめり込《こ》んでいきそうなほど重い足取りだ。そして、バカにしたような目で自分を見ていたのに気づき、キイはますますいやな気分になってきた。

アナウンスが流れてきた。

――集合時間まであと十五秒。カウントダウン開始。十、九、八……

「すげーな、軍隊かよ」

キイがブツブツつぶやいていると、女子二人が小走りでやってきた。

――……三、二、一、ゼロ！

入り口付近のイスに腕《うで》を組んですわっていた大男《おおおとこ》が、スッと立ちあがった。

キイは女子二人を観察しはじめた。

大柄《おおがら》なほうは、自分より年上だろうと思った。チラッとこっちを見たから、キイはあわてて視線をそらした。小柄《こがら》なほうは、目が大きく肌《はだ》が浅黒く、うつむきかげんだ。

＊

マユは、ルームメイトの小柄《こがら》な女の子と、昨日の夜から一言も口を利《き》いていない。相手は外国人だろう。自己紹介《しょうかい》はしあっていないが、係の人が「マシュラ」と呼んでいた。

マシュラ。一体どこの国の子だろう？

言葉が通じるのかどうかもわからないし、そもそも外界をシャットアウトしているように見える相手に、なにをどう話しかけてよいかもわからなかった。

それに、ルームメイトの心配をしている場合ではない。自分が今どこにいるのかわからない。両親も、警察も、みなが納得《なっとく》しているようだったが、ここがなんの場所なのか、説明はなかった。そもそも起訴《きそ》されなかったのだから、少年刑務所《けいむしょ》に入るわけはない。

だったら、ここはどういう場所なのだろう。

あの家にもどって父親と顔を合わせて暮らしていくことを考えると、ここのほうが良いかもしれない。だが、目つきのわるい男子二人、そして訳ありな感じのマシュラを見ると、自分が置かれた状況《じょうきょう》はきびしいものだろうと想像できる。

「しばらくそこで頭を冷やし、心を入れかえなさい」

親からそう言われた。

心を入れかえなさい？　それはこっちのセリフだ。それに、自分は父を突《つ》き落としたわけではない。事故だったのだ。

ある権力者を守るために、父が無実の人を陥《おとしい》れたことを、マユは知ってしまった。警察幹部という中流階級としては最高レベルに成功している立場の父を、マユは尊敬していた。だが、父と関係者との会話をたまたま聞いてしまったのだ。

正義感の強いマユには許せない問題だった。この不正を正さなければすべて公表する、とマユは父に必死に訴《うった》えたのだが、証拠《しょうこ》がないと笑われた。

世間に知らせると叫《さけ》んで家を飛び出したマユを引きとめにきた父と、マンションの階段でもみ合いになった。父につかまれた腕《うで》を思いきりふりはらったとき、父がバランスをくずして落ちてしまったのだ。マユは手すりをつかんでいたので巻きこまれなかったが、いっそ、いっしょに落ちて骨折でもしていれば、疑われないですんだかもしれない。

父は骨折と打撲《だぼく》だけで命に別状はなかったものの、近所の目撃者《もくげきしゃ》が、口ゲンカの果てに娘《むすめ》が父をわざと突《つ》き落としたように見えた、と証言した。

証言者にとっては、立派な警察幹部であるマユの父を疑う余地はないのだろう。しかもその証言者は、かつてマユが教師に告発したいじめっ子の親だ。目撃《もくげき》証言に個人的な感情が入っていたのかもしれない。

事情聴取《ちょうしゅ》はされたが、親子ゲンカになった理由を言っても、笑われるばかりだった。あらかじめ父が手をまわしていたのか、権力者を守るのが日常茶飯事《にちじょうさはんじ》なのか、証拠《しょうこ》がないからか、あるいはその全部か。父の証言をみなが信じ、マユはただ気まぐれな「反抗期《はんこうき》の少女」として扱《あつか》われた。

マユは、正義を貫《つらぬ》きたかったが、無駄《むだ》であることを悟《さと》った。

事件が起きてからは学校に行っていないが、あっという間に「親子ゲンカの果てに娘《むすめ》が父を突《つ》き落としたが、善良な父親は自分の不注意で落ちたと証言した」といううわさが流れたらしい。

心配して連絡《れんらく》してきてくれたのは、ひとりだけだった。仲良かったはずの数人は、手のひらを返したように悪口を言っているらしい。

このままだれにもあいさつせずに転校するべきかもしれない。復学しても、居心地がわるいのは目に見えている。

昨日の夜はそんな不安が一気に押《お》しよせてきて、マユはほとんど眠《ねむ》れなかった。

2　それぞれの素性《すじょう》

玄関《げんかん》とラウンジのあいだにあるドアが開いて、髪《かみ》をうしろでぎゅっと丸めた小柄《こがら》な女性が入ってきた。横に、身なりのよい少年が一人いる。

キイはその少年をじろじろと観察した。

ふっくらとした人形のような顔に、整ったヘアスタイル。光沢《こうたく》のある白シャツにパリッとした素材の紺色《こんいろ》のパンツをはいている。いかにもお坊《ぼっ》ちゃまといった感じだ。

「もう一人は事情で遅《おく》れてきます。とりあえずこの五人で始めましょう。はい、きみ、そこの二人のあいだに立ちなさい」

女性に押《お》された少年は、キイとカイトをまるで汚《きたな》いものでも見るような目つきで見た。

大男《おおおとこ》は、一人ひとりの目をじろりと見てから、口を開いた。

「わたしはきみたちの生活指導を担っている教官だ。コーチと呼んでくれてかまわない。

こちらは教官補佐だ。サポーターと呼ぶがいい。彼女《かのじょ》を甘《あま》く見ないほうがいいぞ。あらゆる武術に優れ、わたしのような体格の男も片手で投げとばせる」

コーチはヒグマのように大きい。一方、サポーターは一見小柄《こがら》で、とてもヒグマを投げとばせるようには見えない。

「きみたちは、すばらしいチャンスを与《あた》えられたのだ。ここで数か月間暮らし、過去の過《あやま》ちを反省し、学び、自己改革をすることで、きみたちにもなにかしらの資質があると証明できれば、未来は開けるだろう」

「資質がなんもなくて、なんも学ばねえ場合は？」

コーチは、空中に立ちあげたエアータッチ端末《デバイス》を見ながら、キイの前に立った。

「きみはキイか。努力しない場合、遅《おそ》かれ早かれ、きみは底辺《ボトム》に落ちるだろうな。ここが最後のチャンスだと思え」

キイは目の前の大男《おおおとこ》をにらみつけた。しかし、下流階級の不良から本物の犯罪者になり、底辺《ボトム》に落ちた人たちを知っているだけに、気持ちは複雑だ。

「上流階級の一名は、生まれてはじめて下流階級や難民の子どもたちと触《ふ》れあうチャンスだ。自分の幸運を自覚し、態度を改めて、まともな人間になれ」

「ま、ま、まともな人間ってどういう人間ですか？」

マユが質問した。

「従順で秩序《ちつじょ》を守り、協調性があり、社会に貢献《こうけん》し、平和を守る人々のことだ」

「つまり、俗《ぞく》に言う羊人間《シープル》か」

はき捨てるように言ったキイを、コーチは刃物《はもの》のような視線で切る。

「羊は賢《かしこ》い犬に従い、仲間と平和に暮らし、高級なセーターやコートになる羊毛や、チーズやミルクになる乳をわれわれに提供する。肉は食肉に、また皮は上質の素材となる。現在は、一般《いっぱん》市民にはあまり縁《えん》のない高級な肉、チーズ、羊毛、皮だがね」

キイは、羊のチーズも肉も、羊毛というものも、生まれてこのかた見たことさえない。ただ、羊の群れは、動画で何度か見たことがあるというだけだ。

「羊ほど有益で平和な動物はいない。きみが羊から見習うべきことは山ほどあるぞ」

そう言うと、コーチは五人の前をゆっくりと歩きはじめた。大きな男が目の前を歩くと、ますます威圧的《いあってき》だ。

「共同生活をするのだから、相手の素性《すじょう》が気になるだろう。全員を紹介《しょうかい》するから、たがいにそれ以上詮索《せんさく》するのはやめたまえ。自分に都合のよい言い訳をするにちがいないからな。また、この施設内《しせつない》に階級はない。ただ、われわれ指導者に反抗《はんこう》した者は罰《ばっ》せられる。質問や意見があれば、口を開く前に手を挙げて許可を求めろ」

コーチは空中のエアータッチディスプレイを見ながら、マユの前に立った。

「きみは、マユ。十四歳《さい》。父親の殺人未遂《みすい》で起訴《きそ》されかけた。父親が被害届《ひがいとどけ》を出さなかったから、幸いきみはここにいる。二重の赤いマークがついている超《ちょう》問題児だ」

「コーチ、それはちがいます！」

「言い訳はするな」

くやしそうに唇《くちびる》をかんだマユを見て、キイは首をかしげた。自分の上がいたことに、驚《おどろ》いている。ケンカっ早いキイでも、さすがに人を殺そうとしたことはない。しかも、マユは殺人未遂《みすい》の犯人には見えない。むしろ、自分の意見を主張できる優等生といったイメージだ。

コーチは次に、小柄《こがら》な少女の前に立った。

「きみはマシュラ。年齢《ねんれい》が書いていないが、パスポートはないのか？」

資料を見たあと、コーチは少女に目をやった。

「ナイ。シラナイ」

サポーターが、小さくため息をついた。

「この子は不法滞在者《たいざいしゃ》ですが、母親もパスポートを持っておらず、逃亡中《とうぼうちゅう》に転落死しました。マシュラというのも偽名《ぎめい》かもしれませんが、本人は十一歳《さい》と申告しており、AI生体データ分析《ぶんせき》も十歳《さい》から十一歳《さい》という結果を出しました。現在国際身元調査システムで身元を割り出してもらっていますが、難航しています」

「なるほど。では結果を待とう」

マシュラの大きな黒目は、まっすぐ前を向いている。片言しかしゃべらないが、こっちの言っていることをすべて理解している、とキイは直感した。

コーチが数歩歩いてキイの前で立ちどまった。

「キイ。十三歳《さい》。ここにいる理由は、反抗《はんこう》、度重《たびかさ》なるケンカ、そして児童養護施設《しせつ》で盗《ぬす》みをとがめられ、職員に暴力をふるい……」

「ちがう、ハメられたんだ！」

キイが施設《しせつ》で暴れたのはたしかだが、理由があったのだ。わざと暴れるように仕向けられた気がしてならない。

「証人が二人もいたのだ」

「けど、あいつらは」と、食いさがるキイの目の前に、手のひらがにゅっと伸《の》びてきてピタリと止まった。うるさい、だまれ、の意であることは、キイにもわかる。

「きみは小銭を盗《ぬす》み、施設《しせつ》の職員に暴力をふるった犯罪者予備軍だ。ここで自己改革をするか、本物の犯罪者になるか。自分の人生においてどっちが得か、よく考えろ」

「クソッ。暴れたけど、盗《ぬす》んじゃいねーよ」

コーチにぎろりと見られ、キイはにらみかえした。

コーチは「次」というと、ふうっとため息をついた。

「きみはレイジン。十三歳《さい》。ループ内でも最上層に属する家柄《いえがら》だが、家庭内でさまざまな問題を起こし、最近では書類偽造《ぎぞう》が見つかって、あやうく起訴《きそ》されるところだった。海外が絡《から》んでいるとはいえ、父上の権力を使えばなんとかもみ消すことができたかもしれない。しかし、善良なお父上はそれをせず、ここにきみを参加させる道を選ばれた」

「父は、そんな聖人じみた人ではないですよ」

「きみの父上は、このプロジェクトのメインスポンサーのひとりだぞ」

レイジンは、きつい目つきでコーチを見上げた。

「父は、どんなピンチもチャンスにする人です。これで、甘《あま》ったれた息子を正しき道に導くすばらしい父として、ますます名を上げるでしょう。首相に立候補するつもりかもしれません。もしぼくが父の望むような成果をきちんと出したなら、の話ですが」

コーチは冷めた目つきでレイジンを一瞥《いちべつ》すると、また数歩進み、立ちどまった。

「カイト。十五歳《さい》。手先が器用で解錠《かいじょう》の達人、脱走《だっそう》の常習犯でもある」

ふふっと、カイトが軽く笑った。

「笑っている場合ではない。このままでは、ピッキング犯になるのがオチだ。すでに窃盗《せっとう》団《だん》の一員である疑いもかけられ、警察からマークされている。次はまちがいなく逮捕《たいほ》されるぞ。話は以上だ。残りの一人は、午後到着《とうちゃく》する」

レイジンはコーチに話しかけた。

「父がスポンサーになった件は、知っていましたよ。つまりぼくは」

胸を張ってしゃべりはじめたレイジンを、コーチがまた手で止めた。

「発言の前に手を挙げたまえ。きみも例外ではない」

「それはちがうと思いますが？　あなたと、そこの女性のお給料は、主に父が出しているんですよ。社会の底辺《ていへん》にいる人たちとは別枠《べつわく》で、丁重に扱《あつか》ってもらいたいですね」

レイジンがそう言いおわると、コーチが一歩前に出た。

「なんだと？」

レイジンはあわてて一歩うしろに下がった。

「自分の権利を主張しているだけです。この人たちといっしょにしないでもらいたいので」

レイジンは残りの四人を手のひらで指した。

コーチは、もう一歩前に出た。筋骨隆々《りゅうりゅう》なのは白いワイシャツの上からでもわかるほどで、子どもたちに圧を与《あた》える。

「レイジン。わたしが命じられているのは、きみを特別扱《あつか》いするなということだ。繰《く》りかえすが、この宿舎内に階級はない。そして、このプロジェクトは、きみの父上の個人的な資金だけで動いているわけではない。政府からも資金は出ている。従って、わたしのボスはきみの父上ではない。そのえらそうな態度を改めたまえ」

＊

ついにキイがククッと声を立てて笑うと、コーチににらまれた。

「きみには、レイジンのようにうしろだてになってくれる権力者はいない。ここで自己改良してまともな人生を送るか、闇《やみ》の世界で短い人生を終えるために生きていくか、二つに一つしか道はないのだ。きみの先輩《せんぱい》で、ひどい最期《さいご》を迎《むか》えた人間がいたらしいな」

キイは顔をしかめた。

それは去年のことだ。おなじハウス出身のヨウ先輩《せんぱい》が、底辺《ボトム》の暴力グループと激しい縄《なわ》張《ば》り争いの末、路上で命を落とし、身元不明や引き取り手のいない遺体とともに集合墓地に埋《う》められたといううわさを聞いた。キイはその話を信じず、集合墓地に行き、墓に書かれた名前を片っ端《ぱし》から見てみた。ヨウ先輩《せんぱい》は国籍《こくせき》を持っていたから、「身元不明」の中に入るわけはない。名前がないなら生きているはずだと、期待しはじめた。しかし、ついに墓のプレートにヨウ先輩《せんぱい》の名前を見つけ、キイは暗くなるまで泣いた。

ヨウ先輩《せんぱい》はまだ十九歳《さい》だった。たしかに荒《あら》っぽい性格だったが、キイには優《やさ》しいところもあった。食べものを分けてくれたり、話を聞いてくれたりなど、カイト以上に兄的な存在だったのだ。

「きみもああいう犯罪に満ちた悲惨《ひさん》な人生を送りたいのかね？」

キイは両手のこぶしをにぎりしめて、コーチをにらみつけた。

「そんなわけねえだろ！　ただ、このクソみたいな階級に生まれちまったんだよ！」

コーチは、キイの目の前に来た。

「ほう、つまりきみは、下流階級の人間はみな犯罪者になるしかない、と言いたいのか？　とんでもない思いちがいだ。貧しくても、まじめに生活している人はたくさんいるぞ」

コーチの言っていることは、正しいかもしれない。だが実際、不況《ふきょう》で下流階級や底辺《ボトム》の人間が仕事を見つけるのは、以前よりずっと難しくなっている。仕事が見つからず、社会保障もなく、それでも生きていかねばならないとき、一体どうすんだよ？

悪夢の毎日から抜《ぬ》け出す近道として志願兵になるという方法があるが、肉体的に、あるいは精神的に向かない人間もいる。かといって、若い男が物乞《ものご》いをしても金はもらえない。ヨウ先輩《せんぱい》のように、盗《ぬす》まなきゃ食えないやつらがどれだけ多いか、この「まともな人」には想像すらできないだろう。

キイは怒《いか》りを抑《おさ》えるために、目をつぶって息を大きくはいた。

＊

カイトは、今にも床《ゆか》に倒《たお》れこみたくなっていた。

弟がまためんどうくさい反論をしているようだが、どうでもいい。

眠《ねむ》い。ただそれだけだ。

連れてこられたとき、車中では多少心配もしたが、この施設《しせつ》を一目見て気に入った。

とりあえず、ここでしばらく休む時間を与《あた》えられたと思えばいい。自分がこれからどう生きていくのか、考える時間が欲《ほ》しかった。

ここなら、あの連中に捕《つか》まってピッキングをやらされることもない。仕事を断れば、まちがいなく葬《ほうむ》られる。だから仕方なくやっているだけだ。しかも、あれだけのリスクを冒《おか》しているのに、盗《ぬす》んだ食料を少々もらうだけでは、まったく割に合わない。

ここは時間稼《かせ》ぎにちょうどいい。

人生始まって以来のプレゼントではないか。

この清潔な施設《しせつ》で、今までのまちがいを反省し、社会に役立つ能力をみがき、従順で有益な人間になれということらしい。そんな短期間で変われるわけはないが、とりあえず、そのように見えるような行動をすればよいだろう。

この平和でぜいたくな場所で、これからのことを考えよう。

そう決心すると、もうなにも考えるべきことはない。ますます眠《ねむ》くなってきた。

＊

マユは、キイという名の、目つきがわるく反抗的《はんこうてき》な少年を見た。

いかにも不良っぽいから、親しくはなれないだろう。だが、にらみつけていないときのキイは、地獄《じごく》に落ちてしまった天使、とでもいうような無垢《むく》な顔つきをしている。あの、無理やり不良を演じているような目つきさえやめれば、ただの子どもなのだ。

それよりも、彼《かれ》によく似たもう一人の眠《ねむ》そうなカイトという少年のほうが、ひと癖《くせ》ありそうだ。たぶんキイの兄だろう。眠《ねむ》いのか、疲《つか》れているのか、とにかくカイトの目は死んでいる。攻撃的《こうげきてき》な弟と正反対にもの静かだが、目の合った相手を一瞬《いっしゅん》にしてだるい世界に引きずりこみそうな、気味のわるい目つきをしているのだ。

しかし、キトーの問題は彼らのような不良っぽい子どもたちではない。父親の件以来、マユはこの国の正義を信じられなくなっていた。彼《かれ》らは、まるで削除《さくじょ》ボタンを押《お》すように、自分たちの失態や犯罪を消すことぐらい自由自在なのだろう。メディアも、裁判官も、きっとみな仲間《グル》なのだろう。

小さいころから、大人《おとな》になったら父のように正義を守る仕事につきたいと思っていたが、そんなものは幻想《げんそう》だったとわかり、絶望した。

しかし、さっき来たばかりのレイジンを見て、マユは心底驚《おどろ》いた。一生すれちがうことさえないはずの上流階級の子どもが、起こした事件をもみ消されもせず、自分や下流階級、不法移民と同じ扱《あつか》いでここに入れられたのだ。

だれがこの話を信じるだろうか。

ひょっとすると、この国にも、ほんの少しの正義は残っているのかもしれない。

＊

マシュラは、なにも考えていなかった。ただ、空腹だった。

ここがなんのための場所かなど、どうでもよかった。まわりの子たちのことも、どうでもよかった。とりあえず、しばらく逃《に》げまわらなくてもいいらしいということがわかっただけでも、安らかな気分になっていた。昨晩は信じられないほどふかふかのベッドで、ぐっすり寝《ね》た。

食事は毎日、しかも三回も食べられるらしい。なんという幸運だろう。一時的ではなく、なんとかこのままここに住みつづける方法はないのだろうか。

とにかく空腹だ。コーチの話など、ちっとも頭に入ってこない。

唯一《ゆいいつ》気になるのは、これからなにを食べるのかだ。

3　小麦粉のパンとそれぞれの事情

「あの」と、レイジンが手を挙げた。

「没収《ぼっしゅう》された端末《デバイス》は、いつ返してもらえますか？」

「ここから出るときだ」

「えっ、そんな！　勉強だって遅《おく》れてしま……」

コーチは、手のひらをレイジンに向けて話をさえぎった。

「きみたちの教室になる部屋には、エアータッチ端末《デバイス》もネット環境《かんきょう》もある。勉強に必要な情報はすべてそこで受信できる」

キイたち五人は、たがいに目を合わせた。

「もし、関係ないサイトを見たり、外部とコンタクトを取ろうとしたら？」

こんどは静かな口調でレイジンがきいた。

「不可能だ。いくらハッキングが得意でもな。どうしてもハッキングしてみたいなら、やってみろ。失格者の第一号になりたいなら、だがな」

レイジンの口からため息がもれた。

もうため息しか出ない。一体いつまでこんなところに、こんな連中といっしょに閉じこめられなくてはならないのか。

なんという失態だろう。つまらないミスでチャンスを棒にふった自分を恨《うら》めしく思うが、時間は巻きもどせない。

＊

サポーターが、レイジンを一瞥《いちべつ》してから言った。

「われわれが選んだゲームやコンテンツの視聴《しちょう》は許されています。自由時間にはそういうものを楽しんだり、本を読んだり、庭に出て自由に過ごしなさい」

ガラス戸の電子シェードがいっせいに開いた。

全員があわててガラス戸に近づく。

庭といっても、木は一本もない。塀《へい》というよりも高い「壁《かべ》」にかこまれ、短距離走《たんきょりそう》の練習をするためにあるような細長い空間だ。端《はし》にはバスケットボールのゴールがあり、反対側には、これまた細長いプールがある。これも水泳の練習のためだけにあるような代物《しろもの》だ。庭は青々とした人工芝《しば》で、一応ベンチも置いてある。そして上には、四方の壁《かべ》にかこまれて長方形に見えるとはいえ、青空がある。

「話は以上だ。明日の朝からは、朝食前に庭で柔軟《じゅうなん》体操をする。では、もうすぐ朝食が始まるから、奥《おく》のダイニングテーブルに集まるように。レイジンは着替《きが》えてこい。トイレや洗顔をすませていない者は今すぐにすませろ」

数分後にブザーが鳴り、アナウンスが響《ひび》いた。

——ダイニングテーブルに集合。

五人が集まると、テーブルのうしろにある壁《かべ》の一部がスルスルと開いた。小さな配膳口《はいぜんぐち》だ。自動でニューッと、配膳台《はいぜんだい》のメタルアームが伸《の》びてきた。

テーブルの上の細いレールを使って、配膳台《はいぜんだい》がベルトコンベアーのようにどんどん伸《の》びてくる。その上にのった皿の上に、メタル製のドーム形状のカバーがついている。

どこかのネットマガジンのレストラン特集で見ただけで、生まれてはじめてそんなものを目《ま》の当たりにしたキイが興奮して皿に手を伸《の》ばすと、コーチにどなりつけられた。

「許可するまで手を出すな！」

そう言われてハイと従うわけねえだろ。と、心の中で悪態をつきながらまた手を伸《の》ばすと、いつのまにか近くに来ていたサポーターに手首をぐいっとつかまれた。

「いてて！　折れるっ！」

キイは甲高《かんだか》い声を出した。

「大げさです。命令に従うなら、離《はな》します」

仕方なく、キイはうなずいた。

皿に添《そ》えられた小さなカードには、金色のデコレーションがしてあり、美しい書体でメニューが書かれていた。

〈オムレツ、塩漬《しおづ》け豚肉《ぶたにく》のクリスピー焼き、サラダ、トースト、バター、ジャム。飲みものは、ミルク、紅茶、コーヒーから選べます。〉

「それぞれ皿を取りなさい。上にのっているのはクローシュと呼ばれるカバーで、料理が冷めないように保護しているものです」

サポーターに言われるまま、みなが目の前の皿を取り、クローシュを開ける。

「うおお！」

目の前のものが信じられなかった。キイやカイト、マシュラは、卵料理やバター、塩漬《しおづ》け豚肉《ぶたにく》の実物など、見たことさえないのだ。

テーブルの端《はし》にすわっているコーチは、なにも食べない。腕《うで》を組んで、こちらを見ているだけだ。サポーターはいつのまにか、いなくなっていた。

ハウスでは、職員も子どもたちもおなじテーブルで食事をとっていた。ただし低予算の施設《しせつ》だから、毎日おなじ、一番安いカチカチの代替《だいたい》パンの浮《う》いたスープという質素なものだ。卵も肉も、庶民《しょみん》が口にできるものではない。

ここのパンは、ふかふかでしっとりしている。

「こんなの食ったことねぇ」

思わずつぶやくと、ななめ前のマユが反応した。

「小麦粉のパンだね。高いからめったに食べないけど」

「きみたち、ひょっとして《クズパン》しか食べたことがないのか？」

レイジンはギョッとした顔つきで代替《だいたい》パンの通称《つうしょう》を口にした。

「うちは流通パンが多い」と、マユ。

それは、高級パンとクズパンのあいだに位置するパサパサしたパンで、小麦粉は入っていないが、クズパンよりはやわらかい。

屈辱的《くつじょくてき》なことをレイジンから言われたのに、キイは食事に夢中で、怒《おこ》る気もしない。

「オレは」モグモグかみながら、キイは言う。

「クズパンだけだ。あたりまえだろ」

「なるほど。ぼくは、あれなら食べないほうがマシだ。低品質の代替粉《だいたいこ》に合成添加物《てんかぶつ》をどれだけ入れたところで、まずいばかりか、不健康に決まっている」

キイはカップを置いて、レイジンに突《つ》っかかろうと体を右に向けた。

「あんなクズパンでもな、ありがたく食うヤツがいるんだよ！」

そのとき、パンパン！と手をたたく音がした。

コーチがこちらをにらみつけている。

「そこの二人、うるさいぞ。騒《さわ》ぐなら、食事は中止だ」

キイは仕方なく、前を向いた。まだ食べおわっていないのだ。もったいなくて、残せるわけがない。

食べものがおいしいというだけで、これほど幸せな気分になれると思っていなかったキイは、ショックを受けていた。

世の中が不公平なのはわかっていたが、今までなにも知らなかった。一度この味を知ってしまうと、カチカチのパンが本当にクズに思えて、食べられなくなりそうで怖《こわ》い。レイジンには腹が立つものの、たしかに天と地の差がある。

しばらく沈黙《ちんもく》がつづいたあと、レイジンが手を挙げた。

「ホイップバターはないですか？　あと、ぼく紅茶はアールグレイのほうが……」

「ここはレストランではない！」

コーチにピシッと断られたレイジンは、うんざりした表情でうつむいた。


朝食後、五人は施設《しせつ》の一番奥《おく》にある広い部屋に入った。

ドアには「ROOM 0」と書いてあり、広々《ひろびろ》とした部屋には透明《とうめい》の板で仕切られた個別ブースが六つ、離《はな》れて設置してあった。各ブースの中には、ヘッドレストのついた白いイスと白いデスクがある。

壁《かべ》には大きな本棚《ほんだな》があり、古びた紙の本が並んでいる。

「なぜこの部屋は『0《ゼロ》』なんですか？」

マユは早速《さっそく》コーチにたずねた。

「今のきみたちを0《ゼロ》として、後日相対的に判断する。そのためのスタート地点だからだ」

「個人差があるにしても、ぼくらは決して0《ゼロ》ではありませんが？」

レイジンがムッとした表情で反論した。

コーチはレイジンをちらっと見る。

「きみたちそれぞれの今のレベルを0《ゼロ》として、ここからの伸《の》びを見るということだ。各ブースには名前が書いてある。毎朝、八時半から十二時まで、また午後一時から四時までここで学習する。自動的に各々《おのおの》に合ったプログラムがスタートするから心配する必要はない。では、それぞれのブースに行け」

キイはやり方がわからずとまどったが、カイトやマシュラもおなじらしく、きょろきょろしている。

キイやカイトが過ごしてきたハウスには、古いデジタル端末《デバイス》があった。ヨウ先輩《せんぱい》が拾ってきて修理し、置いていってくれたものだ。キイはそれを持って中流階級の地区に行き、フリーネットワークにつなげていた。

ヨウ先輩《せんぱい》は中流階級の一般《いっぱん》市民だった。親が他界したあと、親戚《しんせき》の家を転々《てんてん》としながら暴力沙汰《ざた》を繰りかえし、親戚中《しんせきじゅう》から見放された。後見者を失ったヨウ先輩《せんぱい》は、十六歳《さい》でキイのいる下流階級のハウスに入った。中流階級から下流階級に落ちるのはたやすい。そんな彼《かれ》はデジタル端末《デバイス》の扱《あつか》いに長《た》けており、キイにいろいろ教えてくれた。

ただ、このルーム0《ゼロ》のデスクの上にはそもそも端末《デバイス》がない。薄《うす》い新型ゴーグルが端《はし》に置いてある。コンタクトレンズ型もあると聞いているが、どちらも使ったことがないどころか、見たことすらなかった。その高そうなゴーグルを見て、闇市《やみいち》だったらどれくらいで売られているのだろうかと思わず想像してしまう。

とりあえずイスにすわると、デスクからディスプレイがスーッと立ちあがり、エアータッチキーボードが出現した。

「あなたの耳の位置をセンサーが感知すると、指向性スピーカーが作動し、音をあなたの耳にだけ届けます。ボリューム調整はタッチパネル右上でも、音声コマンドでも可能です。あなたの声をキャッチするセンサーがあるので、大きな声で話さなくて結構です。また、あなたの声はブースの外にはもれないようになっています。VR（ヴァーチャルリアリティ）授業のときは指示が出ますので、ゴーグルをつけてください」

ディスプレイに書かれている文章が、音声情報になって耳に入ってきた。

感心しながら、五人は耳に入ってくる音声をチェックする。

指示どおりにエアータッチして入力すると、画面に教師が現れた。

マンツーマンのため、よそ見も居眠《いねむ》りもできない授業を延々と受け、休み時間は一教科ごとに五分間だけ。全員がへとへとになった。集中していないと、画面の中の教師はすぐに気づき、ムッとした表情で注意するのだ。仮想《ヴァーチャル》教師にしては感情を表しすぎだから、きっと人間なのだろうとキイは思った。

ルーム0《ゼロ》のドア付近には、コーチかサポーターが交代ですわっていて、途中《とちゅう》で出ていこうとしたキイは、今すぐもどれば罰《ばつ》はないと言われ、渋々《しぶしぶ》もどった。

それ以来、このスパルタ英才教育を受けないわけにはいかないことを実感した。

ブザーが鳴ってランチタイムになったとき、全員が歓声《かんせい》をあげた。


ランチは本物の肉料理とサラダ、そしてシンプルに米を煮《に》た料理だ。大きな容器に入っていて、セルフサービス形式になっている。

特別な行事のとき以外は米を口にできないキイは、目の色を変えて飛びつき、だれよりも先に山盛りよそった。米も高級食材であり、下流階級の人間はめったに食べられない。いつもは力が抜《ぬ》けきっているカイトも、キイから容器を奪《うば》いとるほど熱心だ。マシュラとマユもうれしそうにしている。

「欲ばるな。食べのこしは許されない」

コーチは小柄《こがら》なマシュラに向かって言ったのだが、その心配がなさそうなほど、マシュラは山盛りにした米料理を貪《むさぼ》っている。

キイは本物の肉を食べたことがない。魚は何度か食べた。自分で川魚を獲《と》って焼いたことがあるのだが、おそろしく苦味と臭《くさ》みがあった。魚はまずい、という先入観ができてしまったほどだ。

だからはじめて本物の肉を見て、不安になっていた。ひょっとするとこれも苦くて臭《くさ》いのかもしれないと警戒《けいかい》しつつ、肉片を口に入れたとたん、涙《なみだ》が出そうになった。脂《あぶら》ののった肉の味は、いつも食べている安価な合成肉とは別ものだ。

「うめえ」と、キイがしみじみつぶやくほど、おいしかった。

牛やブタ、ニワトリ、カモ、イノシシ、シカなどの動物や鳥類の肉は超《ちょう》高級食材であり、一般《いっぱん》市民でさえ買える値段ではない。

そのかわり、代替《だいたい》タンパクによる、通称《つうしょう》「合成肉」がすっかり普及《ふきゅう》している。さまざまな生物から抽出《ちゅうしゅつ》したタンパク質に、調味料や保存料などを合成したものだ。

一方、古くからある植物性タンパク質のベジミートはピンからキリで、高級なものは上流階級のベジタリアンに大人気である。

＊

食後、すぐにブザーが鳴り、アナウンスが流れた。

――食器類をすべて台にのせたら、昼休み四十分開始。

キイは宿舎の中をうろついた。

部屋には行きたくなかった。カイトがごろごろしているからだ。

食べすぎたせいで、なにもしたくない。

許可されている映画やドキュメンタリーをチェックしてみたが、おもしろくなさそうだし、本棚《ほんだな》に並んでいた紙の本は、難しそうで読みたくない。

ゲームもできると聞いてはいたが、知能ゲームとかクイズなど、どうも勉強のつづきのようで、疲《つか》れそうだ。

宿舎の中をひととおり見おわると、キイは庭に出た。

エアコンの効いた室内とちがって、庭は少しむし暑い。空はどんよりと暗い。雨雲が広がっているわけでもなく、灰色の絵の具で塗《ぬ》りたくられたような、奥行《おくゆ》きのない空がおおいかぶさってくるようだ。

奥《おく》には大きめのプールがあり、たっぷりと水が張られていた。キイはプールの水に手を入れてみた。ひんやりした水から消毒薬の臭《にお》いが漂《ただよ》ってきた。通っていた学校にプールはなかった。水は貴重なのだ。

キイは一度だけ、屋外市民プールというものを見たことがある。三年前のむし暑い日曜日の午後のことだった。中流階級の地区の市民プールまで、二時間以上かけて歩いていった。下流階級地区にプールはないのだから、そこへ行けば当然自分も入れるものだと信じていたのだ。

あのときのショックは、忘れられない。プールの入り口の前でうろうろしていたら、通りかかった人々に、まるでゴミでも見るような目で見られた。

自分の持っている服の中では一番ましなものを着ていたが、はたから見れば、汚《よご》れたTシャツとお下がりの短パンに、ボロボロのビーチサンダルをはいた、いかにも「下流階級の子ども」だとわかってしまうような格好だったのだろう。プールの入り口に一歩足を踏《ふ》みいれたら、すぐに追い出された。

悪態をついたが、キイはそのころまだ小さかった。つぶやくような声でしか、文句を言えなかった。

仕方がないから、近くの塀《へい》によじ登って、プールをのぞいてみた。

きれいな水色のプールに、光を受けてキラキラ輝《かがや》く水が入っていた。川で泳ぐのとちがって流れがないから、泳ぐのは簡単そうだった。

プールの水をかけあって、キャアキャアさわぐ子どもたちがたくさんいた。親にバスタオルで体をふいてもらっている子がいた。ちょうど自分ぐらいの年齢《ねんれい》の少年だった。

なぜ自分はここでこっそりプールをのぞいているだけで、あの少年は楽しそうにジュースを飲みながら、おかあさんやおとうさんに体をふいてもらっているのだろう？

ふいに、涙《なみだ》が出そうになった。こらえていると、やがて悲しみがくやしさになった。そして怒《いか》りがふつふつとわいてきた。

不公平だ。

もう、それ以外の感情はなかった。

それまで、親が欲《ほ》しい、などとキイが思ったことはなかった。親のいないのがあたりまえの世界だったのだから。これほど幸せそうな家族を実際に見たことがなかったから、余計にショックは大きかった。恨《うら》めしそうに見ていたら、通りがかった市民にこっぴどくしかられて、しっしっと手で追いはらわれた。まるでのら犬のように。

しかし、そんなセンチメンタルな感情をもつ時代はとっくに過ぎた。今はもう、プールに入りたいとも、親が欲《ほ》しいとも思っていない。

ところが、なんという皮肉だろう。

ここにはプールがある。この味気ないホテルのような場所には、親こそいないが、ふかふかのパンやごちそうがあり、最新式の端末《デバイス》を自由に使え、ベッドには真新しいシーツが敷《し》いてあり、室内はエアコンで快適だ。

生まれてはじめてぜいたくな暮らしを味わえるというのに、キイはどうもおちつかない。日陰《ひかげ》のベンチにすわって、キイは灰色の空を見上げた。

＊

ここでの生活を考えると、レイジンは途方《とほう》に暮れた。

あとちょっとで、海外の名門校に留学できるはずだった。

唯一《ゆいいつ》自分をかわいがってくれた母が家を出ていって以来、優秀《ゆうしゅう》な兄といつも比較《ひかく》され、家には居場所がなかった。ようやく留学の手はずが整い、兄や父の目を気にせずに学生寮《りょう》で暮らせると思っていたのに、どうだこのざまは。ハッキング技術だけは、だれにも負けないと思っていた。なのに、つまらないミスをした。

ついに一家のできそこないの上に問題児のレッテルを貼《は》られ、こんな施設《しせつ》に閉じこめられた。しかも、下流階級や不法移民の子たちと同等に扱《あつか》われている。

端末《デバイス》を取りあげられ、昼休みにはなにもすることがない。ルーム0《ゼロ》に行くと、マシュラとマユが、それぞれ別の動画を観ていた。

本棚《ほんだな》から適当に紙の本を一冊取って部屋に行くと、カイトがベッドに寝《ね》そべって、天《てん》井《じょう》をじっと見ていた。

レイジンは不気味なカイトが苦手だ。あのどろんとした目で見られると、背筋がゾッとする。たかが下流階級の孤児《こじ》なのに、こちらを見透《みす》かしたようなあの目がなぜ怖《こわ》いのか、自分でもよくわからない。

ラウンジにはコーチがいるから、おちつかない。本を手にふらりと庭に出ると、手前のベンチに、さっきまでルーム0《ゼロ》にいた女子二人がすわっていた。たがいに話すでもなく、ぼんやりとしている。

奥《おく》のベンチには、キイがすわっていた。カイトの弟だろうということは、察しがついている。しかしキイは、つかみどころのない兄より怖《こわ》くない。おなじ十三歳《さい》とはいえ、自分は秋に十四歳《さい》になるし、相手は小柄《こがら》だ。おそらく一学年下だろう。「あっちいけ」とか「じゃまだ」と言われても、無視しようと思った。

室内にはコーチかサポーターがいる。いざとなれば、助けにきてくれるだろう。レイジンはつかつかと歩いていき、ベンチの端《はし》に腰《こし》をおろした。

空を見上げていたキイが首をまわして、眉間《みけん》にシワを寄せた。

「なんか用かよ、レージー？」

キイの意外にやわらかいもの言いにホッとしながら、自分の名前を正す。

「レージー、ではなくて、レ、イ、ジ、ン」

「レージーだかレイジンだか知らねえが、ベンチは向こうにも」と、キイは言いかけてから、首を伸《の》ばして向こうを見た。そっちには、すでにマシュラとマユがすわっている。

「そーゆーことかよ」

「そう。そういうこと。それに、これからしばらくいっしょに暮らさなければならないなら、望むと望まざるとにかかわらず、多少の交流は必要だろうから」

「べつにムリに交流しなくてもいいんじゃね？　ひとりのほうが気が楽だぜ」

キイが自分を追い払《はら》おうとしているのはわかったが、ここでゆずると、力関係ができてしまう。だからレイジンはキイを無視して、本を開いた。

「おい」

レイジンは聞こえないフリをしてページをめくる。

「ちっ。シカトしてんじゃねーよ。ま、今日のオレは優《やさ》しいから、てめえをすわらせておいてやる。これがうまいもんを食った効果なんだな」

レイジンは「あの程度の……」と言いかけたが、キイが「おい」と低い声で口をはさんだため、言葉を飲みこんだ。

「今度こそなぐられてぇらしいが、あとにしてくれ。飯を食いすぎて、動けねぇんだよ」

苦しそうに腹をさすっているキイを見て、レイジンはふふっと笑ってしまった。

＊

キイは思わず横目でレイジンを見た。

悪意のある視線を感じたのか、レイジンがふり向いた。

「なにか?」

「べつに。笑ってやがるから、ムカついてただけ」

「なにそれ、ずいぶん短気だな」

「それより、おまえ、なんで偽造《ぎぞう》なんてやったんだ？」

「そういうの、話すなってコーチが言っていたでしょ。だいたい、ちょっとした書類の偽《ぎ》造《ぞう》がそんなに重い罪だなんて、思わなかったから」

「なにを偽造《ぎぞう》したんだ？」

「それは……九月から入るはずだった海外の学校のための……外国語で書かれた内申書とか、推薦書《すいせんしょ》とかいろいろ」

プププッと、キイが笑った。

「国際詐欺《さぎ》かよ。おまえ、アホ？　そんなの通用するわけねえだろ」

「うまくやったはずだった。実際の成績より少し上ってだけのレベルにしておいたし、ハッキングしてもとの学校のデータも改ざんした。疑い深い担任でさえ、父の寄付金が莫大《ばくだい》だから入れてくれたのだろうと、納得していたよ。合格して、入る寮《りょう》も決まって、寄付金や入学金も払《はら》って……。この国は規制がきびしいから、海外に出ていくのは大変なんだよ。だから、決まって本当に嬉《うれ》しかった。なのに、半年以上前の偽造《ぎぞう》が今ごろになって発覚してしまったんだ」

「なんで？」

「くだらない理由だよ。どうでもいい、書類のナンバリングのミスが発端《ほったん》でね」

「けっ。どうせやるならミスなくやれっての」

「ミスなくやったつもりだったんだ。きみは？」

「ハメられた。あいつら、オレが盗《ぬす》んだって決めつけたけど、あれはオレが何年もかけて、あちこちで拾った小銭やアクセサリーなんかをコツコツ貯《た》めたもんなんだ。それを盗《ぬす》んだって決めつけられて、言い争いになって、ついおっさんをなぐったら、捕《つか》まった」

「でも、本当に拾った物や金なら、ぼくなら警察に届ける」

「善人ぶってんじゃねえぞ。オレよりヤバい犯罪に手を出してるくせによ」

「いや、ちがう！　ぼくは犯罪者じゃない。書類偽造《ぎぞう》は、事情があってやったんだ」

レイジンは顔を赤く染めて、憤慨《ふんがい》している。

「ちっ。人それぞれ、事情ってもんがあるだけだろ。オレにはオレの、おまえにはおまえの。けど、他のヤツにとっては、言い訳でしかない。コーチの言うとおりだぜ」

「……」

沈黙《ちんもく》が続いたあと、レイジンはキイに話しかけた。

「……ところで、カイトはきみのおにいさんなのか？」

「まあな」

「顔が似ているからそう思ったんだ」

「似てねえよ」

「いや、そっくりだと思う。怒《おこ》っているバージョンと、眠《ねむ》そうなバージョンのちがい」

「じょうだんじゃねえ」

「なるほど。兄弟はどこも仲がわるいようだね」

「ふーん、おまえにも兄弟がいるのか。そいつはここに来ないのかよ？」

　レイジンはクックックッと笑った。

「もしそうだったら、最高だな。だが、わが家のできそこないは、ぼくだけさ。兄は超《ちょう》優秀《ゆうしゅう》で品行方正、ついでに眉目秀麗《びもくしゅうれい》だ」

「びもく、なんだって？」

「眉目秀麗《びもくしゅうれい》。容姿端麗《たんれい》の男性版だよ」

「そんな言葉、聞いたことねぇぞ。よーしたんれーってのは聞いたことあるけどよ」

　まだクスクス笑っているレイジンを、キイはにらみつけた。

レイジンの顔は、プライドの高そうな性格と正反対だ。人形のようなこのかわいらしい顔でハッキングに書類偽造《ぎぞう》とは、ある意味恐《おそ》ろしいとキイは思った。

だが、ついさっきまで相当いやなヤツだと思っていたものの、それほどでもない気がしてきた。ただ甘《あま》やかされたお坊《ぼっ》ちゃんというだけかもしれない。

「おまえんち、すっげえ金持ちなんだろ？」

「ああ。この国の三本の指に入る財閥《ざいばつ》だ」

「ふーん。どのぐらい金持ちなのか、想像すらできねえな。んじゃ、偽造《ぎぞう》なんかに手を出さずにうまくやっときゃ、一生安泰《あんたい》だろ。おまえ、バカじゃねえの？」

レイジンはため息をついた。

「きみはおそらく一学年下だろう。ずいぶん態度が大きいね」

キイはふんっと笑った。

「おまえ、階級だけじゃなくて、年功序列も好きなのか？　こんなところで上も下も関係ねえよ」

「そうかもしれないが……」

「ピラミッドのてっぺんに生まれたくせに、運のムダ使いをしたな。もったいねえ」

「……」

さっきより長くつづいた沈黙《ちんもく》を、大きな声がやぶった。

「ラウンジに集合！」

コーチの声だ。まだ昼休みは終わっていないはずだと、キイとレイジンは首をかしげながら、ラウンジに向かった。

ラウンジには、外国人らしき少年が立っていた。

こんがり焼けたような肌《はだ》に、黒い髪《かみ》。大きな目はキョロキョロ動く。すでにユニフォームを着用し、五人を見てにっこり笑った。

コーチが全員を見まわしながら言った。

「彼《かれ》はタタンだ。十五歳《さい》。海洋で難破した商船をわが国が救助した先月のニュースは、きみたちも耳にしただろう。その船に乗っていたひとりが、彼《かれ》だ」

ほーっと、五人の声がハモった。

キイは、大型船救助のニュースなど知らなかった。

レイジンはそのニュースを知っていたが、どこかの国の知らない人々がおぼれかけて救助されたという、自分とはなんの関係もない話だと思っていた。

「Y国の商船でしたね」

マユが確認するように言った。

「そうだ。だが、タタンはY国の出身ではない。家族と乗っていたボートが嵐《あらし》で遭難《そうなん》し、彼《かれ》だけ浮《う》き輪につかまって東海洋を漂流《ひょうりゅう》していたところ、商船に救助された。しかし運わるくその商船も難破したため、わが国が救助したのだ。しばらく病院で療養《りょうよう》していたが、ケガが回復したため、今日からここで過ごす」

レイジンが手を挙げた。

「彼《かれ》はどこの国の人ですか？」

「旧X国だ。マシュラ同様、彼《かれ》も国際身元調査システムにかけたが、どこにも登録されていなかったマシュラとはちがって、タタンはX国の身元であることが判明した。戦争で国そのものが消滅《しょうめつ》してしまったがな」

「ですが」と、また手を挙げながらレイジンが食いさがる。

「そういう事情だと、難民認定されるはずですよね？　なぜここに？」

コーチは、レイジンを見下ろしながらうなずいた。

「難民認定には時間がかかる。しかも、この中で唯一《ゆいいつ》、不法滞在《たいざい》も犯罪未遂《みすい》も犯《おか》していない、まともな子だ。だから、ここに連れてこられたのだ」

「どういうことですか？」

手を挙げて、マユが質問した。

「優秀《ゆうしゅう》でまともなタタンの存在がきみたちに良い影響《えいきょう》を与《あた》えるか、逆か、見ものだということだ。では、昼休み終了《しゅうりょう》のブザーが鳴り次第、ルーム０《ゼロ》に集合」

説明を終えたコーチは、めずらしく口元をゆるめているように見えた。まるで、ゲームを楽しんでいるようだ。

五人は、立ったままタタンをかこんだ。

「ねえ、タタン、わたしの言うこと、わかるかな？　わたしは、マユ」

マユがゆっくり話すと、タタンはほほ笑《え》みながらうなずいた。

「わかるよ。ぼく、いろんな言葉を話すから」

ほぼ完璧《かんぺき》な発音でそう答えたタタンを、キイとレイジンはぎょっとして見た。

「天才かよ？」

キイは本気でそうきいたのだが、タタンは笑った。

「ただ、あちこち旅する一族だから、いろんな国の言葉が必要なだけ」

「旅する一族？」

タタンはマユを見てうなずいた。

「そう、各国を移動しながら、歌、踊《おど》り、演奏、芝居《しばい》をやる旅芸人。だからたくさんの言葉話す。ぼくたち、この国に何度も来た。まえは、よく稼《かせ》ぐ国だった」

「よく稼《かせ》げる国」

と、タタンの言葉を直すレイジンを、キイはあきれ顔で見た。

「意味わかりゃいいんじゃね？」

「彼《かれ》のために直すんだ。あ、でも」

レイジンが疑い深い目つきでタタンを見た。

「定住地がないのに、パスポートは持てるのかい？　どうやってあちこちの国に入国していたのかい？　まさか偽造《ぎぞう》パスポート？」

「おい、どの面《つら》下げて言ってんだよ」

キイにツッコミを入れられ、レイジンはムッとした顔つきで言いかえした。

「ただ、国境を越《こ》える方法を知りたかっただけだよ」

タタンは静かにほほ笑《え》んだ。

「一応、小さな住居はあったんだ。ずっと旅して、年に数回だけ、そこにもどる。家族の中でもケガをしたり不調の人は、そこでみんなを待つ。だから、まえはパスポート持っていたよ。でも戦争で殺されそうになったから、船で逃《に》げた。ぼくらが話せる言葉の国のどこかに、保護してもらえるかと期待して」

「あ、そうか……」

「ったく失礼だよな、お坊《ぼっ》ちゃんは！」

キイはレイジンの背中をドスンとたたいた。

キイたちが会話をしているあいだに、カイトが眠《ねむ》そうな顔つきでだるそうに歩き、ソファにどすんと腰《こし》をおろした。他人にまったく興味を示さないのがカイトだが、実は意外に人の話を聞いているから、油断ならないとキイは知っている。

4 ループ計画

午後の授業が終わり、六人はラウンジのソファで思い思いに過ごしていた。

カイトはひとり掛《が》けソファに横向きにすわり、アーム部分に足を投げだし、ぼんやりと白い天井《てんじょう》を見ている。その様子をちらちら見ながら、白い天井《てんじょう》の一体なにがそんなにおもしろいのだろうと、キイは考えていた。

「そういえば」と、レイジンが口火を切った。

「みんな、最近のループのこと知ってる?」

そこまでたどり着くだけの交通費がないから、キイはまだ行ったことがない。だが、ループの映像はヨウ先輩《せんぱい》の端末《デバイス》で何度も見た。街路樹は手入れされており、建物は立派で、道路はきれいに整備されている。あちこちに花が咲《さ》いていて、警官や警備員がいる。

道路整備もされず、ゴミの回収すらなかなかこず、老朽化《ろうきゅうか》のはげしいビルや粗末《そまつ》な小屋の並ぶ川沿いの下流階級の貧困地区や、排泄物《はいせつぶつ》の臭《にお》いが充満《じゅうまん》している廃墟《はいきょ》や高架下《こうかした》が主な居住区となっている底辺《ボトム》地区と同じ国とは、到底《とうてい》思えない。

ループには最先端《さいせんたん》の医療《いりょう》技術を誇《ほこ》る大病院があるが、下流階級の地区には小さな診療《しんりょう》所《じょ》しかない。大けがをして救急車を呼んでも、異常に時間がかかり、中流階級地区の公立病院をたらいまわしにされ、たいてい間に合わない。まして底辺《ボトム》の人が救急車を呼んだところで、場所を伝えたとたんに、電話が切れることとすらある。

「おまえが住んでる上流階級の天国っぽいところな。縁《えん》がねえから、ウワサも聞かねえ」

写真を思い出しながらキイが言うと、レイジンは渋《しぶ》い表情でうなずいた。

「その天国っぽいループが、変わりつつある。今、底辺《ボトム》から来る泥棒《どろぼう》が急増しているんだ。不景気になって、中流階級から盗《ぬす》んでも実入りが少ないからっていう話だよ」

キイはチッと舌を鳴らした。

「ループのみなさまは、ちと盗《と》られたところで、どうってことねえだろ？」

「そんなことないよ。強盗《ごうとう》もいるから危ないし。とにかく、徹底《てってい》した治安強化対策として、ループのまわりに城壁《じょうへき》みたいな高い壁《かべ》を張りめぐらせて、自由に入れないようにしようという計画があるんだ。ループ特別行政区計画、略して〈ループ計画〉。聞いたことある？」

四人がいっせいにレイジンを見た。

カイトでさえ、首を動かしてレイジンに目をやった。

「それ、本当?」

マユが目を大きく開いた。

「今はまだ議会でも賛成派と反対派で意見が分かれているけど、実現するかもしれない」

キイは肩《かた》をクイッと上げた。

「今だって、どうせ見えねえ壁《かべ》があるじゃんか」

マユは首を横にふる。

「本当の壁《かべ》ができたら、もっとすごい格差ができる。それにそんなのができたら、わたしたち一般《いっぱん》市民もループに行けなくなるってことでしょ?」

「たぶん、ループパスポートみたいなものをつくって、時間制限付きで出入りできるようになるっていううわさだよ。学校ではもっぱらその話ばかりだった」

マユは前のめりになった。

「なにそれ! ループは物価がめちゃくちゃ高いから、どうせわたしなんかめったに行かないけど、行かないのと行けないのでは、意味がちがう。いくら上流階級の地区だからって、国の中でパスポートが必要になるなんて！　そんなこと、可能なの？」

　レイジンが首をすくめた。

「海外に行くパスポートとは別もので、通行許可証みたいなものだろうね。身分その他のデータを体内埋《う》め込《こ》みチップにしようっていう話もあるみたい。それだと、だれがどこにいるか管理しやすいから。議会でも賛否両論らしいけど、ぼくのクラスでもそうだった。ぼくは、ここに来るまでは賛成派だったけど……。もしこの計画が実現して、上流階級の税金が主にループ内で使われるようになると、ループ外ではさらに予算が減って、社会保障サービスが悪化するらしいよ」

　キイはムカムカして、レイジンをにらみつけた。

「今よりもっとひどくなるだって？　オレたちは、いよいよ見捨てられたも同然じゃねえか！　クソッ」

「ぼくに怒《おこ》らないでよ」

　こまった表情のレイジンに、タタンがため息まじりに話しかける。

「うーん。そういうことすると、海外での評判をますます落とすんじゃないかな。これまでも、この国の悪口をけっこう聞いたよ。階級差別がひどくて、見放された国民がいるって。たぶん底辺《ボトム》の人たちのことだと思うけれど」

「オレたち下流階級だって、たいして変わらねえよ」

キイのつぶやきに、全員が小さくうなずいた。

「それに、短所もあるはず。城壁《じょうへき》内は外から攻《せ》められにくいけど、食料や水を止められてしまうと、飢《う》え死にするかも。昔、城はそうやって攻略《こうりゃく》されたらしいよ。ループだって、畑も海もないでしょう？」

タタンの冷静な指摘《してき》に、レイジンは青ざめた。

「……そう言われてみればそうだ。万が一の場合でも、ヘリポートがあるからなんとかなるはずだけど、運べる量が限られているし、リスクはあるよね」

マユは手をパン！とたたいた。

「そうだ。ループ内に食料を運んでいるのは、わたしら中流階級だし、飛行場も港もループの外だよ。もし壁《かべ》をつくるっていうなら、ループへの供給をぜんぶ封鎖《ふうさ》しちゃえ！」

レイジンは頭をゆらゆら左右にふった。

「それはまずいな。今は軍隊が上流階級の指示どおりに動くし、クーデターも革命も起きていないからいいけど。でも、税金や政策を独自に決められる『特別行政区』を実現させている国が世界には実際に存在するらしいよ。さすがに壁《かべ》はないと思うけど」

「とにかく、どうして中流階級まで切りはなそうとしてるのか、わからない」

マユは眉間《みけん》にシワをギュッと寄せた。

「おいマユ、おまえ、下流を切りはなすことには賛成なのかよ？」

「ちがうよ。言い方がわるかった。ごめん」

「ちっ」

キイとマユが鋭《するど》い視線を交《か》わすのを見ながら、カイトがふっと苦笑した。

「マユ、つい本音がポロリか？　ループの住民には犯罪者がいないし、たとえいたとしても、階級を転がりおちたりはしない。一方、中流階級とオレたち下流階級は時々入れかわる。だから中流以下のやつら全員と一線を引きたいということだろ」

カイトが淡々《たんたん》とした口調で言った。

マシュラはただみんなをかわるがわる見ている。

「上流階級にはわるいヤツがひとりもいないのかよ！」

キイが反論すると、今度はマユが苦笑しながら「ちがう」と言った。

「いないんじゃなくて、いないことになってるんだよ」

レイジンがうなずいた。

「とにかく、ひったくりや空き巣が急増して、警備員や警官が不足しているんだよ」

「人手が足りねえなら、どっかの国みたいにロボットの警備員をばらまきゃいいじゃん。ループには金があるんだろ!?」

キイはレイジンに食ってかかる。

「ぼくに文句言われてもこまるけど、去年きみの言うロボットのパトロール隊を導入した国では、ロボットが暴走したケースもあったらしい。だから慎重《しんちょう》になっているんだよ。ロボットを選ぶか、ループ計画を選ぶか、どちらかになるだろうね」

「最悪だな、この国！　今すぐ出ていきてえ！」

キイが声を荒《あら》らげると、タタンが立ちあがり、入り口近くのデスクにいたコーチに近づいた。

「コーチ、レイジンの言うループ計画は、本当ですか？」

よくぞきいてくれた、とマユはうなずく。

コーチはすわったまま話しはじめた。

「まだ決定していないが、レイジンの話は本当だ。そして、人手不足《ひとでぶそく》は、この国の出生率の著《いちじる》しい低下に起因している。皮肉なことに、階級が上がるほど出生率は低くなる。ループ内は平均寿命《じゅみょう》が長いため、高齢化《こうれいか》が顕著《けんちょ》だ。そこで、もし下流階級の孤児《こじ》の中に資質のある子がいれば引っぱりあげ、上流階級の家庭の養子にしようという動きもある。もともと各階級内での養子縁組《えんぐみ》制度はあったが、孤児《こじ》を集めた養護施設《しせつ》は下流階級にしかない。ループ内では、それほど少子化が深刻な事態だということだ。壁《かべ》でループを守れたところで、中にだれもいなくなるのでは意味がないからな」

「へえ。そりゃすげーわ」

キイは、胃がムカムカしていた。

締《し》め出して差別してきたくせに、今度は自分たちに都合の良い子だけ選んで役に立たせようだって？　選ばれない孤児《こじ》はどうなるんだ？

コーチはキイを無視して話をつづける。

「不妊症《ふにんしょう》が増加している上、上流階級の人々は忙《いそが》しく、自ら子育てをするのが難しい。しかも、信頼《しんらい》できる乳母《うば》は少ない」

レイジンは教官の話を聞いてうなずいた。上流階級の母親が自ら子育てをする習慣はない。レイジンも住みこみの乳母に育てられた。その人が高級取りだったことも知っている。

コーチはさらに話をつづける。

「養子縁組《えんぐみ》には幼児が好まれるものだが、小さい子は『育てる喜び』と同時に、『育てる苦労』もある。現状の法律では、しばらく養子縁組《えんぐみ》をしてみてダメなら施設《しせつ》にもどす、というわけにもいかない。この古い法律を変えようという動きもあるがね」

マユが手を挙げながら発言した。

「つまり、苦労したくないから、すでに育っていて、容姿がよく健康で有能な孤児《こじ》だけを引っぱりあげたいんですか？　自分の老後の孤独《こどく》をいやしてくれて、従順な子。ついでに法律を変えて、気に入らなければ施設《しせつ》にもどせるようになるかもしれないなんて、勝手すぎると思います」

キイは思わず拍手《はくしゅ》した。マユは、自分の言いたいことをわかりやすく代弁してくれる。

コーチは腕《うで》を組んで、六人に向かって首をふった。

「わるいほうに考えるな。養子縁組《えんぐみ》は、孤児《こじ》にとっても良いチャンスだ。今回、ここから養子縁組《えんぐみ》第一号が実現するならば、下流階級にいる多くの孤児《こじ》にとって、希望になる」

キイはククッと笑った。

「なるほどねえ。やっとわかったぜ。つまりオレたち、その実験のためにここへ連れてこられたってわけか！」

「せいぜい精を出したまえ」

コーチは立ちあがってそう言うと、部屋を出ていった。

みながだまりこんだが、カイトは鼻で笑った。雲の上の人間が、自分たちと同じ人間とは認めていないクズのガキと養子縁組《えんぐみ》などしたがるわけがないと確信していたからだ。

マユの言ったとおりだ。ずいぶん勝手な話ではないか。

キイのムカムカはどんどん増していく。

自分はあと五年で成人する。もっと幼いころに、温かい家族が欲《ほ》しかった。いつ養子縁《えん》組《ぐみ》の話がくるかと、ハウスのみんなで幸せな家庭をこっそり想像しあったものだ。ところが、だれにもそんな話はこなかった。

考えてみれば、下流階級の人間をクズ扱《あつか》いし、プールから自分を追いやったような中流階級の市民が、下流階級の孤児《こじ》を養子に取るわけがなかったのだ。

ましてや、さらに上の、人種さえちがうような上流階級が、下流階級の孤児《こじ》を善意で養子にするわけがない。その金持ちたちは、養子ではなく、一種の奴隷《どれい》が欲《ほ》しいのではないか？　使用人とはちがって、老いていく彼《かれ》らを愛し、なんでも言うことをきく子。ペットみたいなものか。

レイジンやマユのように血のつながった親子でさえうまくいかないのに、もう育ってしまっている下流階級の子と養子縁組《えんぐみ》をして、うまくいくはずがないだろう。ちょっとでも彼らの期待を裏切れば、育ちがわるいせいだとか、遺伝子の問題だとののしられ、罰《ばっ》せられるのではないか。

法改正前の現在でも、成人した養子とは縁《えん》を切れる。つまり、養子が十八歳《さい》になって使いものにならなければ、養親《やしないおや》は養子縁組《えんぐみ》を解消することができるのだ。

ループの連中の頭には、脳の代わりにエゴの塊《かたまり》が入っているのではないか。

その上、下流階級を完全に締め出《し》し、社会保障《ほしょう》からも手を引くつもりらしい。下流階級の学校や児童養護施設《しせつ》は公立だが、今でさえ安全基準など無視したようなレベルだ。それがさらにひどいものになるのであれば、怒《いか》り狂《くる》う人々は暴動を起こすだろう。

二年前、外国のニュースをヨウ先輩《せんぱい》から見せてもらったことがある。その国では、貧困層の移民による暴動が内乱に発展し、軍隊が武力で反乱軍を制圧した。

その日、キイは悪夢を見た。

真夜中に巨大《きょだい》な戦車が何台もやってきて、自分たちや底辺《ボトム》の人々をつぶしていった。寝《ね》ていたキイの目の前の壁《かべ》がくずれ落ち、戦車にひかれるところで目が覚めた。自分の叫《さけ》び声で目が覚めたのだ。皮肉なのは、兵士の多くが下流階級の出身であることだ。

あくまでも夢だ。現実にはあり得ない。そうわかっていても、次の瞬間《しゅんかん》には、もっと洗練された方法で自分たちが消されるかもしれないと考えてしまう。

外環状線《そとかんじょうせん》の外にだけ殺虫剤《ざい》のような薬品を空からまかれるとか、飲み水が汚染《おせん》されるとか。下流階級や底辺《ボトム》の人々は不衛生のため抵抗力《ていこうりょく》がなかったなど、理由はあとからいくらでもつけられるだろう。

キイは、悲観的にならざるを得ない環境《かんきょう》で生きてきた。やっかい者扱《あつか》いされるのは、ループの人間からだけではない。どこに行っても、ドブネズミかゴキブリ扱《あつか》いだ。

どうやって下流階級から抜《ぬ》け出せるのだろう。自分やカイトが兵士に向いていないことはよくわかっているが、兵士になる以外、方法がわからない。

キイはこぶしをギュッとにぎった。

＊

立ったまま貧乏《びんぼう》ゆすりをしている弟を見たカイトは、ふん、と小さく鼻を鳴らした。

キイがイライラしているのはいつものことだ。不条理な世の中への怒《いか》りをもてあまし、なんに対してもを反抗《はんこう》する。

キイがいつからそうなったのか、カイトは思い出せない。たしか五歳《さい》ぐらいまでは、素《す》直《なお》で無邪気《むじゃき》で人なつこい子だった。そういう弟を見ていると無性《むしょう》に悲しくなるから、なるべく離《はな》れるようにした。

それに、弟がいるとバレれば、ますますあの連中から逃《に》げられなくなるだろう。弱みはないほうが安全だ。家族はいない。守るべき者はいない。

そう考え、だれにも愛着を持たず、ただ流れに身を任せて生きれば、さびしくも悲しくも辛《つら》くもないし、怒《いか》りだってわいてこない。

この世になんの未練もないなら、のたれ死ぬとき、べつにくやしくもないだろう。むしろ、この退屈《たいくつ》な負け戦《いくさ》を終了《しゅうりょう》し、ホッとするかもしれない。

自分は、もうすでにあきらめている。生まれたときから、すべてをあきらめているような気がする。

怒《おこ》ったところで、自分の生まれ育った階級が変わるわけではない。怒《おこ》れば、エネルギーを消費して、腹が減るだけだ。

そして、食べものの量は、限られている。

5　下流階級と底辺《ボトム》

やっと夕方になり、映画の時間だというので、キイたちはワクワクしてラウンジに集まった。しかし、スクリーンに大きく映し出されたのは過激な映像だった。マユは勇敢《ゆうかん》にも抗議《こうぎ》したが、サポーターはあっさり言った。

「これこそ、きみたちに必要なものです。これは現実です。この世界を知らない者は知っておくべきだし、知っている者は、改めてこの過酷《かこく》な世界を思い出しなさい」

映画はおもに底辺《ボトム》の人々を追いかけたドキュメンタリーだ。罪を犯《おか》し逮捕《たいほ》され、有罪となって服役《ふくえき》し出所した者たちは、下流階級の地区でも家を貸してもらえない。彼《かれ》らには、住むところも仕事もない。居場所を失った彼《かれ》らは、また犯罪に走る。

「この国の黄金時代に比べると、国民の寿命《じゅみょう》はずいぶんと短くなってしまっています」

スクリーンでは、ガードマン二人に守られたリポーターが、淡々《たんたん》と説明していた。

「下流階級の人々の平均寿命《じゅみょう》は、中流階級より二十歳《さい》以上も短いのですが、底辺《ボトム》ではさらに短く、なんと四十歳《さい》前後です。ここ高架下《こうかした》や廃墟《はいきょ》では、事故や病気、ドラッグやアルコール中毒、殺人事件、自死などで多くの若者が亡くなります」

美しい彼女《かのじょ》が悲しそうな表情で説明している背後では、具合のわるそうな人が高架下《こうかした》の壁《かべ》に寄りかかっている。

真っ黒な煙《けむり》を出すゴムタイヤを焼いて暖まっていた人々がインタビューされ、ひとりが「ループの金持ちが永遠の命を手に入れたって、ほんとかい?」とリポーターにきいた。

「いえ、ただ、最先端《さいせんたん》医療《いりょう》で平均寿命《じゅみょう》が長くなっているだけです」

と、リポーターは気まずそうに答えた。

「オレたちは、こんな状態で長く生きていても仕方がない」

そう答えた人に、まわりの人々が拍手《はくしゅ》を送った。

たとえそうでなくとも、高齢《こうれい》まで生きられる人は少ない。生活環境《かんきょう》の劣悪《れつあく》さ、食品の質の低さに加え、適切な治療《ちりょう》が受けられないためだ。

キイは画面をじっと観《み》ていられずに、時々視線を泳がせた。

*

マシュラは映画を観《み》ながら、小さく震《ふる》えていた。

自分と母は、郊外《こうがい》の雑木林《ぞうきばやし》の中にひそみ、たまに何時間も歩いて中流階級の繁華街《はんかがい》へ行っては、市場で食べ物をくすねたり、物乞《ものご》いをしたり、食堂の裏で廃棄《はいき》されるものをもらったりして、生きてきた。なにも食べられない日も多かった。

そんな状態になる前は、もう少しマシな生活をしていた。難民申請中《しんせいちゅう》は、母が奴隷《どれい》のような時給の劣悪《れつあく》な環境下《かんきょうか》で仕事をしていたのだが、申請《しんせい》が却下《きゃっか》され、不法滞在者《たいざいしゃ》のハンターが次々に顔見知りを捕《つか》まえはじめたため、母と逃《に》げた。逃《に》げて逃《に》げて、逃《に》げた。

母が死んだときは、泣かなかった。無計画な人生に娘《むすめ》を巻きこんだのは、母だったからだ。もっと前に、祖国に帰ればよかった。たとえ貧しくても、少なくとも怯《おび》えずに生きられただろう。マシュラは母に何度もそう言ったが、母はどうしても祖国には帰らないと言いはった。そしてその理由は、最後まで教えてもらえなかった。

母が死んだことは悲しかったが、逆に自由になった気もした。

いつか祖国に帰ることができるかもしれない。とはいえ、頼《たよ》れる人はいないし、祖国の言葉はあまり覚えていない。母はマシュラとはこの国の言語で話したが、カタコトしか話せない母から教わったため、きちんと話せないことがマシュラのコンプレックスだった。

難民申請《しんせい》が認定されたら学校にも通えると言われ、その日を夢見ていた。だが、そんな日はこなかった。結局、どこにも居場所がない。

体が震《ふる》えた。母は三十四歳《さい》で死んだ。自分は何歳《さい》まで生きられるのだろう？

＊

キイは前のめりになって画面を見つめた。

ずいぶん前に児童養護施設《しせつ》の前に子どもを捨てた女性を知っている、というおばあさんがインタビューに答えていた。おばあさんの年齢《ねんれい》がまだ六十歳《さい》にも満たないことを知って、リポーターは驚《おどろ》いていた。中流階級であれば、七十代後半にしか見えない。

おばあさんの話によると、その女性はもともと中流階級の一般《いっぱん》市民だったが、さまざまな事情で下流階級で生きるしかなくなった。女性は、産み落とした子ども二人を連れてがんばっていたが、やはり育てられず、子どもたちを捨てていなくなった……。

もしかして自分たちの母親の話なのではないか。

キイとカイトは、出生届も出されていなかった「存在しない兄弟」であり、寝《ね》ているあいだにボロボロの毛布に包まれ施設《しせつ》の前に置き去りにされていた。弟、生後二か月。兄、二歳《さい》。毛布のあいだに、名前と生年月日がわかるカードがはさまれていたため、施設《しせつ》が出生届の手続きをし、今は二人とも国籍《こくせき》を持っている。国籍《こくせき》があれば、たとえ下流階級に属していようとも、最低限の社会保障を受けられる。義務教育はもちろん、下流階級専用の小さな診療所《しんりょうじょ》で治療《ちりょう》も受けられる。ただし重症《じゅうしょう》の場合、中流階級地区にある大病院に運ばれるが、たらいまわしになることが多い。理論上は、救急科は相手がだれであろうと緊急患者《きんきゅうかんじゃ》を一旦《いったん》受け入れることになっているのだが、治療費《ちりょうひ》を支払《しはら》えない患者《かんじゃ》をどこも受け入れたがらない。

それでも、底辺《ボトム》の人々に比べればマシだということは、キイも理解している。下流階級を追い出されて底辺《ボトム》に落ちた人々は、住所がない。住民登録がないと、生活補助費などのさまざまな手当を受けられない。治療《ちりょう》も全額自費になるから、結局治療《ちりょう》を受けにいかない。外国人ならば滞在《たいざい》許可証が無効になるし、まして不法移民には、なんの保障もない。

キイは歯ぎしりをしながら、映画を観《み》ている。

＊

打って変わって、ドキュメンタリー映画の後半に出てきたのは、つつましくも平和に暮らす中流階級の一般《いっぱん》市民だ。家族団らん、入学式、卒業式、就職……。

従順に生きる人々は、安定した暮らしをしている。おなじ価値観を共有し、暗黙《あんもく》のルールに従い、みながすっきりと疑いのない目で、おなじ方向を見ている。

人とちがう者、反抗《はんこう》する者はとことんいじめられ、阻害《そがい》され、異端者《いたんしゃ》のレッテルを貼《は》られて、学校から追いはらわれ、仕事を失い、家を失い、下流階級に落ちていく。この一連の動きを、一般《いっぱん》市民は「分別処理」と呼ぶ。善良な市民はそれが当然のことだと思うから、罪悪感はない。それが平和を守る唯一《ゆいいつ》の方法なのだと信じている。

一般《いっぱん》市民のマユは、よく知っている状況《じょうきょう》を観《み》ながら、ふっと笑った。マユも、インタビューされている人々同様、世の中への疑問はなにひとつ持っていなかった。

上流階級の汚職《おしょく》のニュースは一切《いっさい》出ない。そのため、一般《いっぱん》市民が支配階級の実情を知ることはない。自分たちの富と権力を守るために平気で人を陥《おとしい》れる上流階級の人々、それを助ける中流階級の司法関係者。そういう事情を自分の目と耳で知ってしまうまで、マユも知らなかった。レイジンのように、海外まで絡《から》めてしまった不正は隠《かく》しとおせないとしても、もみ消し行為《こうい》はきっと日常茶飯事《にちじょうさはんじ》なのだろうと、マユは理解した。

マユは「偽善《ぎぜん》だよ」とつぶやき、それを耳にしたサポーターに注意された。

映画が終わったとたん、レイジンが手を挙げた。

「ドキュメンタリーなら、上流階級も取材するべきだったのでは？」

サポーターは、少し間《ま》をおいてから答えた。

「国営放送のドキュメンタリーですから、理由は知りませんが、おそらく上流階級の生活を知っても意味がないからでしょう。上流階級は生まれつきの階級であって、下から這《は》いあがれるものではありません。養子縁組《えんぐみ》が実現すれば話は別ですが」

サポーターが立ちあがった。

「では、今観《み》た映画の感想も含《ふく》めて、明日中にリポートを書きなさい。あと」

サポーターがマユとキイを見た。

「カッとするとセルフ・コントロールができなくなる人は、映画をよく理解した上で、感情を抑《おさ》えることを学びなさい。それができないと、人生を棒にふります」

キイは怪訝《けげん》な表情でサポーターを見た。どうせ、棒にふったらこまるような人生など送っていない。

「また、自分の努力の足りなさを認めず、周囲を欺《あざむ》こうとした人もいます」

今度は、サポーターの視線がレイジンに向いた。

「そういう人は、今まで自分がいかに恵《めぐ》まれてきたのか考えなさい」

レイジンは、くやしそうに唇《くちびる》をへの字にした。

「また、犯罪に手を染めても仕方ない事情があると、自分に言い訳をしつづける人もいます。でも、まだ道を変えることができます。分岐点は、今、ここです」

サポーターはカイトを見たが、彼《かれ》の視線はぼんやりと壁《かべ》のほうを向いていた。

「リポートは週に一回以上提出させます。これはきみたちがどれぐらい自己改良したかを評価する基準のひとつになります」

6 好奇心《こうきしん》と夢

夕食のあとはそれぞれシャワーを浴びたが、それでも消灯まで二時間以上あった。サポーターの姿は見えなかった。夜間は別の見張りがつく。その夜勤係と交代のタイミングなのだろう。キイは今しかないと思い、気になっていた収納室にこっそり入った。この施設《しせつ》に監視《かんし》カメラは見当たらないが、見えないところにこっそり隠《かく》してあるのだろうか。

建物の中に階段はないようだが、二階があるのかもしれないとキイは思っていた。白く見えるあの天井《てんじょう》の上の二階から実は一階が丸見えだとか、声は筒抜《つつぬ》けだとか。だとすると、二階へのアクセスのための外階段があるか、収納室の中が怪《あや》しい。コーチやサポーターがよく出入りしているのを見るが、そんなに何度も物を取りにいく必要があるだろうか？

収納室の奥《おく》に、上の秘密の部屋に行ける階段などがあるのではないか？

左右の棚《たな》のあいだの通路にも大きな収納ボックスや段ボールがある。それをどけて奥《おく》まで行ってみようとしていると、だれかがドアを開けた。

「ここでなにをしている？」

声にビクッとして、キイはふり向いた。とっくに交代して出ていったと思っていたコーチが突然あらわれたのだ。

「あー、べつに」

「出たまえ」

キイは収納室を出ながら、一《いち》か八《ばち》かカマをかけてみることにした。

「収納室の奥《おく》に、秘密の階段かなんかあるよな？　二階に部屋あるだろ？」

フン、とコーチがあきれた声を出した。

「きみはよほど退屈《たいくつ》しているらしいな。庭に出て体を動かしてきたまえ。それから、年上には敬語を使うスキルを身につけろ」

またこっそり見にこようと決意したキイは、素直《すなお》に従うフリをすることにした。

「敬語ね。努力します。んじゃ、バスケの対戦相手でも探すか！」

大げさにキョロキョロしながら、キイは、コーチから遠ざかった。

コーチがまったく動揺《どうよう》していなかったことからして、収納室はただの収納室でしかないのか？　などと考えながら、ラウンジにもどる。

カイトがソファにすわって、一点をじっと見つめたまま石像のように動かない。視線の先にあるのは、なにもないローテーブルだ。

なんだ、あいつ？　ついに目を開けたまま寝《ね》る技《わざ》でも覚えたか？　とキイは思ったが、声はかけない。カイトはスポーツを楽しむような人間ではない。そうかと思うと、施設《しせつ》のドアや窓を開錠《かいじょう》して逃《に》げるときは、ネコのように俊敏《しゅんびん》である。キイは兄の心理も運動能力も、未《いま》だに理解できないでいる。

キイは庭に出て、隅《すみ》に置いてあった硬《かた》いボールをバスケットゴールへ投げてみた。中学校にもぼろぼろのボールはあった。ゴールのリング代わりに自分たちが外壁《かべ》につけた印に当てて、よくクラスメイトたちと遊んだ。キイの命中力は高かった。

しかし今はじめてパンパンに空気の入ったボールを投げてみたら、予想以上にリングで強くはね返り、ゴールから大きく外れてしまった。

ここに来てから、自分のいた世界がいかに「普通《ふつう》」とちがっていたのか思い知らされている。自分にとって「あたりまえ」だったことが、実はあたりまえではなかった。

「ぼくもやっていいかい？」

声がしたのでふり向くと、タタンがいた。

「おう」

タタンが投げてもキイが投げても、リングの上をくるくるまわって落ちたり、強すぎてはね返ってきたりして、なかなかシュートが決まらない。

そのうちに二人はクスクス笑い出し、しまいにはゲラゲラ笑った。

「センスねえな、オレら」

「ふふっ。あ、さっき、コーチと話していたよね？　トイレに聞こえてきた。秘密の階段ってなに？」

「聞こえていたのか。実はさ……あれ見てみろよ」

キイは宿舎の外壁《がいへき》の上のほうを指さして、自分の考えを説明した。

この建物は、明らかに二階がある高さだ。ラウンジの吹き抜《ふぬ》け部分は非常に天井《てんじょう》が高いが、ベッドルームなどは普通《ふつう》の天井《てんじょう》の高さだ。二階があるなら、なぜ庭側に窓がひとつもないのか。ベッドルームやバスルームには窓があるのだから、その上にも窓があってよさそうなものではないか。

「ラウンジみたいに、屋根に窓があるのかな？」

「それもあり得るけど、普通《ふつう》に窓もつくれたはずだろ？　不自然じゃねえか」

「うーん」

「オレが思うに、二階にも部屋はある」

「なるほど。コーチやサポーター、夜勤係は、交代してもらったあと、どこに行く？」

そう聞かれて、キイはハッとした。

「玄関《げんかん》のドアから出てくかってことか。じゃ、あとで交代のとき、どこに行くか見ようぜ」

「わかった」

そう言ってにっこり笑ったタタンを見て、キイは不思議になった。

戦争で死にかけて、国を失って、海でもまた死にかけて、家族と離《はな》ればなれになって、この国に連れてこられて、クズ予備軍のオレらとここに閉じこめられたというのに、どうしていつもこんなに穏《おだ》やかでいられるのだろう？

「なあ、タタン」

少し迷ってから、キイは単刀直入《たんとうちょくにゅう》にきいてみることにした。

「家族とか自分のこれからのこと、心配だろ？」

タタンは穏《おだ》やかな表情でうなずいた。

「ああ、うん。でも、家族には、また会える予感がするんだ。何年後か、ずっと先かもしれないけど、きっと会える」

キイは自分の耳を疑った。

「ひょっとしておまえ、未来が見える超能力者《ちょうのうりょくしゃ》？　オレの未来も予言してくれ」

「予言はできない。でも、ぼくの予感、わりと当たるんだ」

「じゃ、オレたちがここを出たあと、どこでどう暮らすか、なにか予感しねえ？」

タタンはキイをちらっと見て、首を横にふった。


翌日の夕方、カイトを除く五人は、キイに誘《さそ》われてボールで遊んだが、やがてそれにも飽《あ》きて、人工芝《しば》の上にすわった。

少し生ぬるい空気が心地よい。夜空には形のない雲が広がっているが、時々、切れ間から月が顔を出す。

しばらく五人はだまりこくっていたが、タタンが口を開いた。

「ここ、カいないね」

「ああ、殺虫剤《ざい》まいてあったのかもね。わたしが住んでいた場所には、いるよ」

マユがそう言うと、レイジンが意外、というような目つきをした。

「そう？　ぼくは、この都市で蚊《か》を見たことがないよ」

キイは、信じられないといった目でレイジンを見た。

「オレの住んでるところなんか、蚊《か》、ゴキブリ、ドブネズミ、なんでもいるぞ」

「え、ドブネズミ……」

レイジンの声が少し小さくなった。

「わたしがいたハヤシのほうも、たくさん、カ、ハエ、ハチ、ヘビいた」

マシュラがそう言うと、レイジンはため息をついた。

「そっか……」

レイジンをちらっと横目で見ていたキイが、ククッと笑った。

「しおらしい声出してんじゃねーよ」

「いや、きみたちと比べると、ぼくは相当運が良かったって、つくづく思ってさ」

キイはこくこくうなずいた。

「気づくのがおせーんだよ。考えてみろよ。オレも運は良くねえが、タタンなんか、もっと運がわるい。こんだけ頭良くて、何か国語も話せんのに、過酷《かこく》な旅芸人だったんだぜ？」

タタンが前のめりになって、キイの顔をのぞきこんだ。

「えっ、ぼく、あちこちでショーをやりながら旅をするの、好きだよ？　いつか、仲間やパートナーや自分の子どもとチームをつくって、世界中のあちこちの街でショーをしたい。それが夢。変かな？」

「旅芸人、気に入ってんのか。わりぃ。じゃあ、一度なんか見せてくれよ」

「いいよ。じゃ、楽器がないから、歌うね」

タタンはしばらく考えてから、立ちあがり、ゆったりとしたリズムで悲しげなメロディの歌を口ずさんだ。

それは、まるで闇《やみ》の海をさまよったときのタタンの心情のようだった。ひとりぼっちで暗く絶望的でもあるが、いずれ夜が明けるだろうというほんの少しの希望があった。

一瞬《いっしゅん》の沈黙《ちんもく》のあと、四人が拍手《はくしゅ》をした。

歌いおわったタタンがすわると、目の前でキイがまだ拍手《はくしゅ》をしていた。

「即興《そっきょう》かよ。すげえ！　時々歌ってくれよ」

「うん。喜んで」

「すごく良かった。タタンって詩人なんだなあ」

マユは、少しまぶしそうにタタンを見た。

マシュラはずっと下を向いていたが、顔を上げると、目が赤くなっていた。歌詞を聞いて、マシュラは悲しくなった。母はもういない。夜が明けても、また次の夜が明けても、自分はずっとひとりだろう。

レイジンは、詩《うた》の意味を考えていた。まるで自分のことのようだと思った。自分は家族と住んでいるが、孤独《こどく》だ。だれも自分をわかってくれない。いつかだれかが来てくれるのだろうか。それはだれなんだろう。自分を残して家を出ていった母だろうか。

レイジンは、タタンになにか言葉をかけたかったが、結局だまっていた。

キイのタタンを見る目が変わっていた。騒《さわ》がしいショーを想像していたが、もっとしっとりしたものだった。目の前の少年は、家族とはぐれたかわいそうな旅人ではなく、透《す》きとおった声で歌うアーティストなのだと悟《さと》った。

「うん、でも、家族はそれぞれ、手品をやったり、アクロバティックなダンスをやったり、短い劇をやったりと、いろいろ。ぼくは小型のハープを弾《ひ》きながら歌うことが多い」

「そっか……タタン、自分のチームの夢、実現させてくれよ」

タタンはうなずくと、みんなの目を見ながら言った。

「みんなは、なにか夢をもっている？」

そんなことをきかれると思っていなかったキイはうろたえたが、レイジンは急にキリッとした顔つきになった。

「ぼくは、いずれ父や兄が思いつかないようなことをして、成功する」

「それって、リベンジ？」

レイジンは苦笑いをした。

「そう、リベンジ。あいつらを見返すことだけが、ぼくの夢」

「前よりすげえハッキングとか？」

キイがツッコミを入れると、レイジンは笑った。

「ちがうよ。何かはわからないけど、違法《いほう》じゃないこと！　堂々と見返すんだ。キイは？」

「オレ？　夢なんてねーよ。いや、あるけど、絶対ムリだし」

「言ってみてよ」

マユに背中をトントンたたかれ、キイは照れながらも、うなずいた。

「まー、なんつーか。下流階級から脱出《だっしゅつ》してえかな」

「それ、不可能じゃないでしょ?」

マユにそう言われても、キイは苦笑いをするだけだ。

不可能ではないことは知っているが、簡単ではないこともわかっている。

「そういうマユは、夢あんのか?」

「前は警察省に入りたかった。今は、ちょっと迷ってる。なんかいろいろ幻滅《げんめつ》したたし」

「マユは刑事《けいじ》とか、検事とか、向いている気がする」

レイジンにそう言われ、今度はマユが苦笑いをした。

「かもね。でも、今は、他の道も考えたいかな。マシュラは?」

マシュラはマユを見て、首をかしげた。

「毎日ゴハン食べる。それだけ」

みんなが笑った。

「いや、笑ってる場合じゃねーな。マシュラのその夢、切実だぜ」

キイの言葉に、マユがうなずいた。

「本当にそうだね。実現させなきゃ。そういや、カイトはいつもわたしらと交わらないけど、夢とかあるのかな？」

キイは首をぶるん、と左右にふった。

「知らねえ。けど、たぶん……いろんな色で絵を描《か》きたいんじゃねえかな」

「絵？　そうなの？　へえ、想像できなかった。絵かぁ」

「うん、ぼくも意外」

マユとタタンは驚《おどろ》きを隠《かく》せない。

「なんだ、だったら実現できるじゃないか。描《か》けばいいだろう？」

無邪気《むじゃき》なレイジンを、キイはあきれ顔で見つめた。

「紙も絵の具も筆も高くて買えねーっつーの」

レイジンは、目をぱちぱちさせながら、キイを見つめた。

まさか、絵の具を買えない人がいるとは、夢にも思わなかった。

しかしよく考えてみれば、彼《かれ》らはあのクズのようなパンしか食べたことがないのだ。

レイジンは小さなため息をついた。

7　自由への扉《とびら》

――消灯五分前。

キイは、すでにベッドに入って天井《てんじょう》を見ているカイトに近寄った。

「おい。さっきサポーターが宿舎から出ていくの、見たか？」

カイトはキイを見もしない。

「なんでそんなことをきくんだ？」

「いいから、教えろよ。出ていくところを見なかったか？」

「おまえ、なにを探《さぐ》っているんだ？」

「べつに」

「いいか、キイ。オレを巻きぞえにするな。おとなしくしてりゃ、いずれ解放されるんだ。うまいもん食って、プールで泳いで、ふかふかのベッドだ。文句ないだろ？」

「バカか！」

「バカはおまえだ。オレは一生ここにいたいぐらいなんだ」

カイトは、さっきから天井《てんじょう》の一点を見つめたままだ。

キイは気味がわるくなってきた。

「こっち見て話せよ。夜中に外をうろつけなくて、ついにおかしくなったんじゃねえの？」

カイトは返事をしない。

「こんなの、檻《おり》に閉じこめられたモルモットじゃんか。メシだけうまくったって、このまま最後までいたら、頭がおかしくなるぞ？　ま、それがヤツらのねらいだろうけどな」

ふう、と大きなため息をついて、カイトはやっとキイを見た。

「うるさい。オレはここでいいんだ。深夜徘徊《はいかい》をする必要さえない。ここは最高だ」

キイはカイトを思いきりにらみつけた。

「そこまで根性なしだとはな。しょせん、おまえはナメクジだ」

「ナメクジで上等だ。なにも考えず、悩《なや》まず、もらったものを食ってだらだらしていられるんだったら、言うことないね」

「ちっ。じゃあ、なんのために生きてるんだ？」

「ナメクジは生きていられるうちは生きて、死ぬときが来たら死ぬ。それだけだ」

「くだらねえ」

「そういうおまえはなんだ？　反抗《はんこう》ってのはな、なにか理由があってするもんだ。おまえのは、ただ反抗《はんこう》するための反抗《はんこう》だろ。要はアホだな。エネルギーのムダ使いだ」

「くそっ、いつから従順なナメクジになりやがった？」

キイはカイトから離《はな》れ、ドアのほうに行く。

「キイ。もう消灯になるよ」

タタンが心配そうにキイの背中に声をかけた。

「ちょっと見てくるだけ。先に寝《ね》てろよ」

「でも……」

消灯になり、うす暗い夜間照明がついた。

キイはそっとドアを開け、オートロックに閉め出されないようにドアを半開きにしたままにし、足音を立てないように廊下《ろうか》を進み、角からラウンジをこっそり見る。照明は少し落とされているが、そこそこ明るい。

もう夜の見張り番がすわっている。いつのまにかコーチと交代していたあの男に気づかれずにもう一度、収納室を調べたい。だが、ラウンジを突《つ》っきらないと、たどり着けない。男はうつむいてデジタル端末《デバイス》をいじっている。距離《きょり》があるから、あのまま端末《デバイス》に集中してくれていれば、気づかれずにすむかもしれない。

キイは音を立てないように、そっとラウンジに入り、右側の廊下《ろうか》に向かってそろそろと進んだ。幸い、ラウンジにも廊下《ろうか》にもドアがない。問題があるとすれば、収納室のドアを開けるときだろう。音を立てないように気をつけなければならない。

そっと進む。男はこちらに気がついていないようだ。

確認しそびれた収納室の奥《おく》がどうなっているのか知りたい。棚《たな》にまだスペースがあるのに、中央の通路部分にやたらに大きな段ボールがいくつも重ねてあった。あれは、なにかを隠《かく》すカムフラージュの空き箱なのではないか。

角を曲がり、キイはついに収納室のドアの前までたどり着いた。手をそえて、ドアを開けようとした。が、開かない。ロックされてしまったらしい。

くそっ、と、思わず声を出しそうになって、キイはあわてて口をつぐんだ。

わざわざロックするとは、いよいよ怪《あや》しい。男に気づかれないようにそっとラウンジを抜《ぬ》けて、キイは部屋につづく廊下《ろうか》へもどる。

あと少し、と思ったそのとき、「待て」と背後で声がした。キイはそのまま部屋まで走ろうと思ったが、トレーニングウエアのえり首をぐいっとつかまれた。あやうくのどがつまりそうになった。

「消灯時間はとっくに過ぎたぞ。なにをしている？」

「あー、なんか眠《ねむ》れなくて」と、キイはふり向かずに答える。

「さっさとベッドにもどれ」

えり首を離《はな》されたとたん、キイはゼンマイ仕掛《じか》けのおもちゃのように小走りで部屋にもどった。

翌日、朝食前の十分間、庭で朝の柔軟《じゅうなん》体操が終わったあとコーチに呼ばれ、キイは渋々《しぶしぶ》ルーム０《ゼロ》についていった。

「飯を食いそこなうんで、早めによろしく」

あいかわらず無表情のコーチは、腕《うで》を組んでキイの目の前にそびえ立っている。

「きみは昨晩、ベッドを抜《ぬ》け出してどこに行っていたのかね？」

やはりその話だった。キイは考えていた言い訳を並べる。

「ああ、眠《ねむ》れなかったんで宿舎内をちょっと散歩してただけ」

「そんなウソが通用するとでも？　どうせ収納室を見にいったんだろう。残念だったな。すべての窓とドアの鍵《かぎ》はリモートコントロールしているのだ。最初はあえて開けておいたがな」

「え、じゃ、男部屋のドアもリモートでロックできるんだ？」

「あたりまえだ」

「じゃ、内側からも開けられないようにロックしときゃいいじゃん。そしたら、オレがうろつくこともないだろうし」

「きみたちの行動を見るためだ。閉じこめるのは簡単だが、ここではきみたちが部屋に留《とど》まるというルールを守れるかどうかが大事なのだ。わかるかね？」

「自分の意志で残れっつーこと？」

「そうだ。閉じこめられているから出ていかないのではなくて、だ」

キイはしばらくだまったまま、考える。

「ってことは、玄関《げんかん》のドアから出ていこうと思えば、出ていけるってこと？」

　コーチはこっくりとうなずいた。

「止めはしない。ただ、きみは最後のチャンスをドブに捨てるということになる。もし捕《つか》まったら、こんど連れていかれるのは、こんなホテルみたいな場所じゃないぞ」

「ふうん。じゃあ一《いち》か八《ばち》か、ドブに捨ててみるかな、逃《に》げきれるかもしんねえし」

「ほう。自信家だな。やってみればどうだ？」

　キイはくるりときびすを返し、玄関《げんかん》に向かう。

　鼓動《こどう》が速まっていく。

　キイはゆっくりと歩きながら、決断しようとしている。

　べつにここの暮らしがいやなわけではない。カイトの言うように、夏休みだと思えばなんてことはない。それどころか、生まれてはじめての極上体験ばかりだ。しかし、クズパンを食べられないレイジンのような人間になってしまうかもしれない。

　レイジンは、ここでちょっとがまんすれば、もとの平和な生活にもどるだけだ。しかし自分やカイトがどんなにがんばったところで、こんな食生活はできない。ここの料理の味を覚え、エアコンの効いた部屋に慣《な》れてしまい、ぜいたくがあたりまえになってしまったところで、その先にあるのは、以前の生活だ。

顔見知りが事件に巻きこまれたり、逮捕《たいほ》されたり、のたれ死ぬのがあたりまえの地区にもどったとき、自分の怒《いか》りはきっと前より増大しているにちがいないと確信している。

今なら、まだ前のクズパンの生活にもどってもやっていける自信がある。

よし、逃《に》げよう。そして逃《に》げきろう。前のハウスにはもどれない。もどらない。どこに行くかはわからないが、なんとかなるだろう。

キイは歩幅《ほはば》を大きくし、ラウンジを通る。

玄関《げんかん》に向かう途中《とちゅう》、朝食を食べている五人が見えた。走っていって、最後にふかふかパンを口にしたいという衝動《しょうどう》にかられた。

まだあそこに引き返せる。良い子羊になったフリをして無罪放免《ほうめん》になる道を本当に捨てていいのか?

一瞬《いっしゅん》、躊躇《ちゅうちょ》した。歩幅《ほはば》が小さくなり、立ちどまりそうになる。

だが、深呼吸をして首をぶるんっとひとふりすると、キイは右に曲がり、玄関口《げんかんぐち》とのあいだのドアを押《お》してみた。

たしかに、そこには鍵《かぎ》がかかっていなかった。

ふり返ってダイニングテーブルのみんなをまた一瞥《いちべつ》すると、サヨナラぐらいは言いたかった気もしてきたが、そのままドアをぐいっと開ける。
自分はここを出て、どうにか逃《に》げきれるだろうか。
それとも、捕《つか》まって少年刑務所《けいむしょ》に連れていかれるのだろうか。
キイは玄関《げんかん》のシューズボックスに自分のボロボロのスニーカーを見つけ、はきかえた。
自分の服はないが、あきらめることにした。
玄関《げんかん》のドアに手をかけ、ぐいっと押《お》してみると、いとも簡単にドアが開いた。
まぶしい光がさしこみ、キイは思わず目を細めた。
一歩、出る。二歩、進む。
大きく深呼吸をした。

自由だ。すっげえ！

走り出したキイの正面に、厚ぼったい鉄板の門が見えた。近づいていくと、それが自動的にグイーンと音を立てて開いた。
そして門の向こうには、ウインカーを出したままの警察の車が控《ひか》えていた。

8　ストレス耐性《たいせい》テスト

キイは朝食を食べそこなった。

もうなにも残っていないテーブルを見たキイは、満足げな顔ですわっているカイトに向かって叫《さけ》んだ。

「おい、カイト！　オレのメシまで食っただろ！」

「オレが食ったという証拠《しょうこ》は？」

「おまえしか考えられねえ！」

「さあな」

「ここでしか食えないメシを弟に残してやろうって気持ちはねえのか？」

「逃亡《とうぼう》したヤツに、メシは必要ない」

キイはカイトの胸ぐらをつかみにいく。

が、瞬間《しゅんかん》移動したのかと思うほど素早《すばや》く飛んできたサポーターに、腕《うで》をつかまれた。

力を出しているわけではなさそうなのに、キイはまったく動けなかった。

「いててっ。バカ力！」

「力ではなく技です」

サポーターはすまし顔で言った。

キイはあきらめて自分のイスにすわり、残っていた少しの紅茶にミルクを入れて、チビチビすすった。

この生活をあきらめて、逃亡《とうぼう》しようとしたのは事実だ。しかし、逃《に》げられないとわかった以上、食べたいに決まってるじゃないかと、キイは自分を正当化していた。

マシュラが、手にしていた小さなパンのかけらをおずおずと差し出した。それはほんの指先ほどのサイズのかけらで、もらっても腹がふくらむサイズではない。

「いらねーよ。そんなの食ったら、もっと腹が減る」

そう断ったが、マシュラはキイの目の前にパンのかけらを置いて、片づけを始めた。

キイはパンのかけらを口に放りこんだ。

ふかふかのパンは、小さすぎて、食べた気がしない。このサイズならあのカチカチのクズパンのほうがまだ腹持ちがいいと、キイはため息をついた。

午前中の授業のあいだも、キイはランチのことばかりを考えていた。数学の図形を見ていても、幾何学《きかがく》図形がパンやバターに見えてきた。

「聞いていませんね？」と、何度怒《おこ》られたことか。

ここに来る以前は、寝坊《ねぼう》をして朝食を食べそこねても、たいしたことではなかった。たしかに腹は減ったが、そもそも与《あた》えられる量が少なかったため、食事を抜《ぬ》いたときとの差がそれほどなかった。

ところが、まだ三日目だというのに、舌も胃も、すっかりこの生活にハマってしまったようだ。だからこそ、キイは逃《に》げようとした。このままではまずい、と頭の中でアラームが鳴ったのだ。

今は、ランチになにが出てくるのかということ以外、なにも考えられない。

午前中の授業がすべて終わったとたん、キイはルーム0《ゼロ》を飛び出し、ダイニングテーブルに走った。

目の前に流れてきたクローシュでカバーされた皿の数々。

キイが一皿に手を出そうとすると、「ちょっと待って」と、マユに止められた。

「サポーター、料理が一人分足りません！」

マユがサポーターに向かって、抗議《こうぎ》した。

ソファにすわっているサポーターは、六人を見もしない。

「料理係の方に、連絡《れんらく》していただけませんか？」

レイジンは、五皿を確認しながらそうきいたが、立ちあがったサポーターは、ダイニングテーブルに向かって歩きながら、首をゆっくりと左右にふった。

「人生にはハプニングがつきものです。自分の力ではどうしようもない、運のわるさによるハプニング。腹が立つでしょう。がっかりするでしょう。ですが、そういうストレスのたびに感情的になり過《あやま》ちを犯《おか》すのでは、話になりません。目の前の問題に向きあい、乗りこえるための『ストレス耐性《たいせい》テスト』です」

キイがあわてて自分の皿を確保しようとすると、サポーターに腕《うで》をつかまれた。

「待ちなさい。みなさん、食べられない人を投票して決めますか？　クジで決めますか？」

「ちょっと待ってください。五人分を六人で分ければいいじゃないですか？」

提案したのは、マユだ。

「分けるのは禁止します。それではストレス耐性《たいせい》テストの意味がありません」

「オレは朝メシも抜《ぬ》きなんだよ！　食う権利がある！」

イライラしているキイが叫《さけ》んだ。

「きみは勝手に逃亡《とうぼう》に失敗し、朝食を失った。なんの権利もありません」

サポーターは、キッパリと言いきった。

「くっそーっ。腹ペコで死ぬぜ！」

いつも無表情のサポーターが、ほんの少し口角を上げた。

「その程度で人間は死にません。十日以上も飲まず食わずで生きのびた人もいます」

「ふざけんな！」

キイはまた皿に手を伸《の》ばそうとしたが、すぐにサポーターに腕《うで》の急所を押《お》さえられた。

「おい、オレは朝メシ抜《ぬ》きだからな。オレに投票すんじゃねえぞ！」

キイがみんなを脅《おど》すような声で言った。

「クジで決めたほうがいいと思うな。運ならあきらめられるけど、投票なんて、もめる原因になるだけだよ」

マユの意見に、みんながうなずいた。

「では、クジにしましょう。赤い印のついた棒を引いただれかが、食事抜《ぬ》きになります」

サポーターは、入り口近くにあるデスクの引きだしから六本の棒を取りだし、準備すると六人に向けて差しだした。印をつけた先端《せんたん》は手の中に収まっていて、ハズレ棒がどれかはわからない。マユからクジを引いた。印はない。

「あー、よかった」

ホッとしながら、マユは皿を引き寄せる。

マシュラが真剣《しんけん》なまなざしでクジを引く。印はない。

うれしそうな顔で、マシュラは皿を取る。

つぎはキイだ。

「オレがハズレ引いたら、ゆるさねぇ」

悪態をついたキイは、迷ったあげくやっとクジを引いた。

その棒に、印はなかった。

「やったぜ！」

大声でガッツポーズをしながら、キイは自分の皿を確保した。

「あっ」

タタンが引いた棒の先には、赤い印があった。五人はいっせいに、立ちあがる彼《かれ》を気まずい表情で見つめた。

「すわりなさい」と、声がとんできた。

「え、でも、ぼくは食べないのに？」

おそるおそるタタンがきくと、サポーターはうなずいた。

「残念ながら、クジ引きのように不運なことが起きるのが、世の中です。人というのは、食に関する不公平さをいちばん辛《つら》く感じるものです。これは、ストレス下における自己管理能力をつける訓練なのです。すわっていなさい」

「……はい」

タタンはうなだれたまま、すわった。

キイは正直、ハズレを引くのがカイトであるように願っていたから、残念だった。

カイトは弟の分の朝食も食べたのだから、ランチを抜《ぬ》いたところでどうということはないだろうと。だが、タタンはちがう。

「これって、ギャクタイっつーか、ゴーモンじゃね？」

キイは、サポーターをにらみつけた。

「これは、あなたたちに資質があるかを見るためのテストであり、訓練です。五人は食べてよし」

全員がクローシュを外し、おいしそうなサンドイッチとポテトフライの山を見て、唾《つば》を飲みこんだ。タタンは、ただ下を向いていた。

＊

サンドイッチを二切れ食べ、熱々のポテトフライを食べて空腹もやわらいできたころ、キイは口を動かしながらとなりの席に目をやった。

タタンは、ずっと下を向いたままだ。ポテトフライのよい匂《にお》いは届いているはずだし、パリパリとかむ音も聞こえているはずだ。

想像するだけで苦しくなってくる。これはやはり「拷問《ごうもん》」だと、キイは思う。

サポーターがこちらをちらちらと監視《かんし》している。しかし、見ていないことも多い。エアータッチ端末《デバイス》で報告書かなにかを書いているようだ。

キイは右手でポテトを食べながら、左手でサンドイッチを一切れつまみ、さっとテーブルの下に隠《かく》し、となりにすわっているタタンのひざの上に持っていった。

ひざに手を置いていたタタンはビクッとし、サンドイッチを受けとらない。キイは無言でそれを彼《かれ》の手の甲《こう》にのせた。

「待ちなさい、そこ」

サポーターが、キイを指さした。

「今、タタンにサンドイッチを渡《わた》しましたね？　分けるのは禁止と言ったはずです」

キイはムッとして、言いかえす。

「こまったときはおたがい様じゃねえのかよ。あんたらは、助けあうってことをしねえのか？　ひでえ世の中だぜ」

「そういう問題ではありません。ここのルールです。タタン、手の上のものを出しなさい」

タタンはおずおずと、サンドイッチを見せた。

「それをキイの皿にもどしなさい」

キイは、タタンからもどされたサンドイッチをあわてて口にほおばり、必死にかむ。罰《ばつ》でそれを取りあげられる気がしたのだ。

のどがつまって、あわてて水を飲んだ。

サポーターはつかつかと歩いてくると、案《あん》の定《じょう》、キイの皿に手を伸《の》ばしてきた。

まだサンドイッチが二切れと、ポテトフライが半分残っている。

サポーターはその皿を取りあげ、タタンの前に置いた。

「タタン、きみはこれを食べてよろしい」

キイは、目をむいた。

「えっ、で、でも」

タタンはおどおどしながら、キイを見た。

「なんだよ、おかしいだろ！　人を助けたヤツが、罰《ばっ》をくらうのかよ！」

怒《いか》りのあまり、顔を赤くしたキイは叫《さけ》んだ。

「それがここのルールです。軽率《けいそつ》に行動しないことです」

「これが自己改革のためのプロジェクトかよ！　ジコチュー養成所じゃねえか！　上流階級もジコチューだから、それに適合できる人材育成かよ！」

キイはバン！とテーブルを両手でたたいて立ちあがり、自分のグラスやカップを乱暴に配膳台《はいぜんだい》にのせると、ラウンジを突《つ》っきって出ていった。

ベッドの上に寝《ね》ころがったキイは、ぼんやりと白い天井《てんじょう》を見た。

中学校のようなシミもなければ、ハウスのささくれだった板の木目《もくめ》もない。

さっきまで怒《いか》りで体中《からだじゅう》が熱くなっていたが、白い天井《てんじょう》を見ていたら怒《いか》りは鎮《しず》まり、今度は悲しくなってきた。

自分がなぜここにいるのかは知っている。そもそも問題児で、しかもハメられたからだ。

しかし、ここで有能かつ従順な羊になれるはずがない。なりたくもない。

もしかすると、盗《ぬす》みやケンカはしなくなるかもしれない。世の不条理をこれだけ見せつけられたら、もうあきらめモードになってしまいそうだ。

人にサンドイッチを恵《めぐ》んだだけで罰《ばつ》を受ける世界。

カイトがこの天井《てんじょう》をじっと見ていたとき、本当はなにを見ていたのだろう？　ついにおかしくなったのか？　想像の筆で絵でも描《か》いていたのか？　それとも、すべてあきらめて悟《さと》ったのか？

カイトは絵を描《か》くのが好きだ。絵の具を買うお金はないから、小さいころはよく砂の上に木の棒で描《か》いていた。かまってくれない兄をキイが許せる気になるのは、兄が絵を描《か》いているときだけだった。兄の絵を見ると、胸が高なった。きっと兄の頭の中には絵のことしかないから、弟の入る隙《すき》がないのだと思った。

何年か前に、カイトはどこかの廃屋《はいおく》で黒板とチョークの箱を見つけて、ハウスに持ち帰った。それ以来、黒板に絵を描《か》いていた。そのチョークが最後の一本になったとき、カイトはつぶやいた。

チョークが欲《ほ》しい。色が欲《ほ》しい。

キイはそんなできごとを思い出して、深いため息をついた。

なにもかもが、うまくいかない。生まれてきたこと自体、うまくいっていなかったのだ。

これ以上白い天井《てんじょう》を見ていると、こっちまで頭が変になりそうだ。


むっくり起きあがったとき、カイトとタタンが部屋に入ってきた。

「キイ、ごめん……」

「タタンのせいじゃねーよ。けど、オレはうんざりだ。やってらんねえ」

どさっと音がして、カイトが向こうの端《はし》のベッドに寝《ね》ころがったのが見えた。

タタンはキイのそばに立ったままだ。

「キイは、ただ、親切にしてくれただけなのにね」

「だよな。サンドイッチの残りとポテト、うまかったか？」

「うん。ありがとう」

「ま、いっか。タタンが少し食べられたんなら」

「おい」

　カイトの声がした。

「キイ、もう少しうまくやれ。おまえのせいで全体責任になったら迷惑《めいわく》だ」

「は？」

　イラッとしたキイは立ちあがり、カイトのほうに歩いていった。

「あいつらみたいな考え方になったんだな。オレの朝メシまで食っといて、最低だぜ」

　カイトはあいかわらず視線を天井《てんじょう》の一点に集中させ、キイには目もくれない。

「おとなしくしていろ。それだけでいい」

「じょうだんじゃねえよ。自分のことしか考えねえクソ野郎《やろう》になるぐらいなら、少年刑務《けいむ》所《しょ》に行ったほうがマシだ」

「そう思うなら、今朝、なぜもどってきたんだ？　警察の車が待機していたんだろ？　そのまま乗っていけばよかったじゃないか」

キイは返答につまった。

「それは……」

「おまえは結局、捕《つか》まりたくないんだ。ヨウ先輩《せんぱい》の二の舞《まい》を演じたくないんだろ。だからもどってきた。おまえは従順な羊になりたいが、クズのプライドがそれを許さないだけだ」

兄に言われたことは図星だったのかもしれない。

キイは顔を真っ赤にして叫《さけ》んだ。

「うるせえ、てめえと一緒《いっしょ》にするな！　この根性《こんじょう》なしのナメクジが！」


カイトとおなじ部屋にいたくなくて、キイは庭に向かった。しかし庭に出る手前で、マシュラが自分をじっと見ているのに気づいた。

「なんか用かよ？」

マシュラはこっくりうなずいた。

「ゴメンナサイ」

「え？」

キイがマシュラに一歩近づくと、マシュラはうしろに下がった。

「キイのごはん、たべた」

マシュラの言葉が信じられず、キイは目をしばたたかせた。

「オレの朝メシ横取りしたの、おまえか！」

マシュラはだまったまま、こっくりうなずいた。

「なんでだよ！　オレがおまえになんかしたか？」

すぐに首を左右にふる相手を見て、キイはいよいよ確信していた。

やっぱこいつ、カンペキに言葉わかってんじゃんかよ。

「なにもしてない。けど、キイでていった。だからたべた」

大きな目でまっすぐにこっちを見ながらそう訴《うった》えられ、キイは怒《おこ》る気がすっかり失《う》せてしまった。しかも相手はガリガリにやせている。自分も相当やせているが、マシュラは比《ひ》較《かく》にならないほど細い。

「だったら、すぐ言えばよかっただろ。ちがうヤツを責めちまったじゃねえか」

それにしても、なぜカイトは、自分ではないと弁明しなかったのだろう？

答えは簡単だ。ハウス育ちは、仲間を売らないというのが鉄則なのだ。

「ゴメンナサイ。こわくて……」

「もういい。許してやる」

そう言って庭に行きかけたが、ふと足を止めた。

「おい、おまえさ、わかんないフリしてっけど、言葉ぜんぶわかってるじゃん？」

「コトバわからない、といったおぼえない」

「はあ？」と言ってから、マシュラがそう宣言したことはないことに気づいた。

「おまえ、何者だよ？」

「ただの、フホウイミン」

マシュラの目にほんのりと涙《なみだ》がにじんだ。

「いる場所がないっていう意味なら、オレもおなじだぜ」

「ちがう。あなた、イテいいひと。わたし、イルだけでツカマルひと。ぜんぜんちがう」

キイは、ハッとした。そんなことは、今まで考えたことがなかった。

9　中 ―インサイド―

キイが逃《に》げそこなった日から、すでに何日も経《た》った。

外を歩くのが好きなキイにとって、閉じこめられているのはきつい。ハウスでは、わりと規則はゆるかった。夜は外出禁止だったが、学校のない日にはよく川で遊んだ。

目をつぶると、川の流れが見えてくる。

今日みたいにむし暑い日は、川で泳ぎたくなる。流れが速いから気をつけなければならないが、流れに逆らって泳ぐのも楽しい。

目の前のプールで泳げるが、川で泳ぐのとはちがう。プールの中では「命」を感じることができない。藻《も》や、食用には適さない魚はおろか、虫さえも存在しない。ただきれいな、消毒薬の臭《にお》いのする水が収まっている箱だ。

逃《に》げたい。川に飛びこみたい。

逃《に》げてもムダだということは理解している。

だが、いつまでここにいればいいのか。もうここに何日いるのか、今日が何日なのか、何曜日なのか、それさえもキイはわからなくなってきた。

「今日って何曜日だっけ？」

キイはだれにともなくきいた。

「ええと、今日は日曜日」

となりで本を読んでいるレイジンが答えた。

「え、日曜？　じゃなんでオレら、今日も授業を受けたんだ？」

レイジンは本をひざの上に置き、クスッと笑った。

「休みがないルールなんでしょ」

「ちぇっ。オレら日曜もお勉強かよ。やってらんねえ。そういやおまえさ」

そこまで言ってから、キイはレイジンに顔を近づけて、声を落とした。

「改心してまともな羊になるつもりかよ？」

「それは……」

「おまえはいいよな。ここ出たら、前の暮らしが待ってるんだろ？」

「ちがう。うちには居場所がない。ぼくは、母にそっくりすぎるから」

「それが、なんでいけねえの？」

「それが問題なんだよ。母は……」

レイジンは言葉を切り、空を見上げた。キイもつられて空を見る。

空には時々、白い雲が流れていく。

雲は流れるのに、高い壁《かべ》にかこまれた庭には、風が吹《ふ》かない。

それもキイは気に入らない。

「母はぼくをとてもかわいがってくれたんだ。たぶん、母もあの家で居場所がなかったんだろうな。ぼくの母は後妻だったんだ。顔しか取《と》り柄《え》のない女、なんて親戚中《しんせきじゅう》から言われていた。そして、ある日出ていった。ぼくを置いてね」

「……そうか」

「ぼくは捨てられた。そして、父はそんな母を憎《にく》んでいる。母にそっくりな顔のぼくも憎《にく》んでいる」

「それはちがうんじゃねぇかな」

首が痛くなってきたキイは、視線を人工芝《しば》にもどした。

レイジンは、たぶん涙《なみだ》を隠《かく》そうと思ってずっと上を見ているのだろうと、キイは思った。彼《かれ》は時々、泣きそうな顔をすることがあるからだ。

「もしおまえの親父《おやじ》がおまえを憎《にく》いなら、とっとと有罪にさせたはずだぜ？」

「ちがう。父は政界、経済界の大物だから、家族に罪人がいてはこまるんだよ。ゆくゆくは首相の座をねらっているのだと思う。議員で満足するような人ではないからね」

「ふーん。話がでかいな」

「たとえ父の力でぼくが裁判上は無罪になったとしても、後々《あとあと》都合がわるいだろう。父の反対勢力も存在するしね。だからプロジェクトのメインスポンサーになって、ぼくをここに送りこんだんだろう。これが成功すれば、息子をレスキューできたすばらしい父親であり、優《すぐ》れた指導者だという証明になる。つまり父は、息子のことを隠《かく》すのではなく、逆に宣伝に使うつもりなのさ」

「だとすると、相当いやなヤツだな」

「そういう人だと、ぼくは認識している。だから外国に逃《に》げたかったんだ」

しばらく沈黙《ちんもく》がつづいた。

「あれ……？」

空を見ているレイジンが声を低くした。

「さっきから、おなじ雲がリピートしている気がするのだけれど」

キイはあわててもう一度空を見上げた。

じっと見るが、雲の形はいろいろだ。

「おいおい、おまえ考えすぎじゃ……」

そう言いかけたキイの顔がこわばった。

ブザーが鳴った。

——昼休み終了《しゅうりょう》。ルーム０《ゼロ》に集合。


夕方は庭に出てリラックスできるひとときだ。

暑いため、全員がプールに浸《つ》かっている。いないのはカイトだけ。彼《かれ》はまたソファの上に寝《ね》ころがって、天井《てんじょう》をじっと見ているはずだ。

マユが大声で歌い、マシュラが笑っている。

二人は時々ちらっとキイやレイジン、そしてタタンのほうを見ては、ますます声をあげ

郵便はがき

料金受取人払郵便

麹町局承認

1109

差出有効期間
2025年5月
31日まで

（切手をはらずに
ご投函ください）

102-8790

206

（受取人）
東京都千代田区九段北
一―十五―十五
瑞鳥ビル五階

静山社 行

住所	〒 都道府県		
フリガナ		年齢	歳
氏名			
		性別	男　女
TEL	（　　　）		
E-Mail			

静山社ウェブサイト　www.sayzansha.com

愛読者カード

ご購読ありがとうございました。今後の参考とさせていただきますので、ご協力をお願いいたします。また、新刊案内等をお送りさせていただくことがあります。

【1】本のタイトルをお書きください。

【2】この本を何でお知りになりましたか。

1.新聞広告(　　　　新聞)　2.書店で実物を見て
3.図書館・図書室で　4.人にすすめられて　5.インターネット
6.その他(　　　　)

【3】お買い求めになった理由をお聞かせください。

1.タイトルにひかれて　2.テーマやジャンルに興味があるので
3.作家・画家のファン　4.カバーデザインが良かったから
5.その他(　　　　)

【4】毎号読んでいる新聞・雑誌を教えてください。

【5】最近読んで面白かった本や、これから読んでみたい作家、テーマをお書きください。

【6】本書についてのご意見、ご感想をお聞かせください。

ご記入のご感想を、広告等、本のPRに使わせていただいてもよろしいですか。
下の□に✓をご記入ください。　□ 実名で可　□ 匿名で可　□ 不可

ご協力ありがとうございました。

る。コーチやサポーターに聞かれないためだ。みんなでこっそりと、打ちあわせをしてある。

「つまり、あの空は、本物ではないと言いたいんだね？」

タタンは、なるべく空を見ないようにしながらきいた。

ますます発音がうまくなったタタンに、キイは舌を巻いている。たまたま旅芸人として生きてきたが、ちがう環境《かんきょう》で育ったら、とんでもない天才少年だったかもしれない。

「３Ｄ《スリーディー》映像ってやつか？　でもさ、雲の形がたったの数種類で、リピートで流すなんて変じゃね？　ケチらねえで、本物の空を一日中撮《と》って３Ｄ《スリーディー》にすりゃよかっただろ」

「ああ、そうか」

レイジンが納得《なっとく》したような表情をした。

「なんだよ？」

「わかった。ケチったんじゃない。たぶん、ぼくたちに気づかせるためだ」

レイジンの言葉に聞き耳を立てていたマユが、一瞬《いっしゅん》歌うのをやめてしまった。

そして、あわててまた歌いはじめる。

「どういう意味だよ？　なんでウソだって気づかせなきゃなんねーの？」

キイは頭が混乱していた。

「気づかせる……とは、ぼくたちに、どのぐらい観察力があるかのテスト？」

タタンの質問に、レイジンが大きくうなずきながらほほ笑《え》んだ。

「これは庭ではなく屋内であり、上にあるのは空ではなくスクリーンであって、すべてがウソで、閉じられた空間なんだ。それをぼくたちにわからせるためじゃないかな」

「どういう目的だよ？」

「わからない。キイ、きみが外で見た車も仮想《ヴァーチャル》かもしれない」

キイは笑いながら首をふった。

「いや、オレこの目で見たから」

「車に触《さわ》った？」

「いや、ちょっと距離《きょり》があったから触《さわ》ってねえけど」

「それだったら、やはり仮想《ヴァーチャル》だったのかも」

レイジンは、ちらっとラウンジのガラス戸に目をやりながら言った。

その視線に気づいて、キイは手で水をピチャッとはじいてマユに飛ばす。

「あ、やったな！」

マユが水をはじき返してくるから、キイもまた少し水を飛ばす。しかしマユやマシュラが、猛反撃《もうはんげき》をしてきた。

「やめろ、せっかく整えたヘアスタイルが台無しじゃねえか！」

マユとマシュラが、ゲラゲラ笑う。キイはまじめな表情だ。

「けどよ、オレたちはプールで泳ぐし、飯も食ってる。つまり本物じゃんか？」

「うん、本物。それは『中《インサイド》』で普通《ふつう》につくれるものだから」

「インサイド？」

「ぼくはこの宿舎をそう呼びたい。なぜかというと、ただ建物の内部ではなく、わざわざこの建物を、もっと大きな建物の中に建設したみたいだからね」

レイジンの説明を聞いて、キイはいよいよ頭が混乱した。

「ややこしい。じゃ、なんでここは部屋やラウンジとちがって暑いんだ？　もしこの庭も、おまえが呼ぶ『インサイド』ってやつなら、ここもエアコンが効いてるはずじゃね？」

レイジンはうなずきながら、声を小さくしろとジェスチャーする。

「それは、たぶん庭にだけはエアコンを効かせていないからだと思うけど」

タタンは水を控《ひか》えめにピチャピチャと手ではじきながら、小刻みにうなずく。

「なるほど、庭なのに涼《すず》しかったらおかしいよね」

キイはまわりの壁《かべ》をぐるっと見まわしながら、小さくうなずいた。

「ふーん。ここは庭じゃなくて、でかい建物の中で、ここだけあえてエアコンをつけていないか、見えないところで暖房《だんぼう》までつけて夏を演出してるのかもしれねえな」

「あんたたち、なんか恐《おそ》ろしい話をしてるね」

マユも話に加わる。そのあいだに、マシュラがマユが歌っていた曲をまねて歌い、カムフラージュを続行する。

「恐《おそ》ろしくねーよ。真実を知りたいだけだ」

「でも、そうだとして、目的はなに？　わたしにはさっぱりわからない」

「ぼくにもわからない。ただ、ここが『インサイド』というのは、当たっていると思う」

レイジンは確信しているらしい。

キイは、高い壁《かべ》の向こうにちらりと目をやった。

「オレさぁ、おかしいと思ったんだよな。壁《かべ》の向こうに街の気配がまったくねえからさ。最初はキトー市からえらく遠い地方に来たのかなって考えたけど、変だ。連れてこられたとき、車の窓に電子シェードがあったから外は見てねえけど、そんなに長くは乗っていなかったぜ？」

　マユが激しくうなずいた。

「わたしもさ、この壁《かべ》の向こうは下流階級や工場地帯を抜《ぬ》けていった先にあるだだっぴろい野原なのかと思ったけど、それも変だよね。もし野原なら、鳥とか虫とかの声が聞こえるでしょ？」

「それだぜ。音がねえんだ。風もねえよ。やっぱ、ここは『インサイド』ってやつだな」

　キイは、確信をもった顔つきでみんなの顔を見た。

「もしかして」と、タタンがつぶやく。

「これも、『ストレス耐性《たいせい》テスト』のひとつ？　だまされたとわかったら、ぼくたちがパニックを起こす想定かな？」

　マユはタタンにも水をはじきながらうなずく。

「それか、わたしたちが気がつかないだろうと、高《たか》をくくっていたのかも」

「それもあり得るな。オレなんて、雲のことはレイジンに言われるまで気がつかなかったぜ。オレやっぱ、この建物の外がどうなってんのか、知りてえ。空もそうだけど、壁《かべ》の向こうになにがあるんだ？　ここはどこなんだ？」

「たしかに、真実はわたしも知りたい」

「でも、どうやってしらべるの？」

マシュラが、不安げな表情でキイにきいた。

「屋根に登りゃわかるかもな」

みんながうなずいたとき、ブザーが鳴った。

——自由時間終了《しゅうりょう》十五分前。支度《したく》を整えダイニングテーブルに集合。

それでもまだプールに浸《つ》かっていると、ガラス戸を開けて、サポーターが声をあげた。

「さっさとプールから上がって、シャワーを浴びて着替《きが》えなさい」

「はーい」

全員の声が不気味なほどそろった。

「あら、すでに聞き分けのよい子羊のようだわ」

サポーターは、満足げにそう言った。

＊

シャワーを浴びているあいだも、食事のあいだも、歯磨《はみが》きをしているあいだも、キイは考えていた。この「インサイド」のこと。自分たちが集められた本当の目的。

ベッドに腰《こし》かけてさらに考えていると、タタンが横にすわった。

「どうしたの？　苦しそうに見えるけど」

「ん？　ああ、いや、頭をしぼってるだけ。なあ、ニセの空を作った理由は二つあり得るよな？　一．どうせオレたちが気がつかないだろうという前提。二．気がつくかどうかのテスト。どっちだと思う？」

「ぼくは二という気がする。キイは？」

「オレは、わかんねえ。一もあり得る。あいつら、オレたちを見くびってるからな。全員が全員、オレみたいなバカじゃないってのによ」

「キイは、バカではないよ。たくさん考えるし」

「ありがとな、タタン。生まれてはじめて言われたぜ。けどさ、考えてもわかんねーことがもうひとつある。ひとりだけ飯がないとか助けたヤツが罰《ばつ》を受けるおかしなルールは、なんで？」

タタンは大きくうなずいた。

「ぼくもそれを考えていたんだ。一．ただのストレス耐性《たいせい》テスト。二．仲間割れしてもめてケンカになり、全員失格になるのをねらっている。ぼくは二だと思うけど、レイジンのおとうさんがこまるはず。レイジンまでいっしょに脱落《だつらく》しちゃう危険性もあるから」

「それな。スポンサーのいやがることは、しないだろうな」

タタンはうなずいてから、少し考えているようだった。

「レイジンも言っていたけど、おとうさんはループ計画賛成派で、養子縁組《えんぐみ》には反対でしょう？　つまり、下流階級の人やぼくみたいな難民をループに入れたくないんだよ。ということは、レイジン以外の子も自己改革しちゃうのは、いやなんじゃないかな？」

「二だけど、レイジン以外が失格になってほしいってことか？」

タタンはふり返り、レイジンがまだ歯みがきからもどってきていないをたしかめて、声を低くした。

「少なくとも、レイジンのおとうさんは二だろうね。中流階級以下を閉め出すループ計画の賛成派だから、息子以外の五人が失格になるのを期待していると思う。ループ計画反対派は逆で、下流階級の孤児《こじ》を自己改革させて養子縁組《えんぐみ》を進めたいはずだから一。つまり彼《かれ》らは、全員がうまく耐《た》えて、ループ計画そのものを取りやめにすることを期待しているんじゃないかな」

「おお、だとすると、立場によって、欲《ほ》しい結果は逆ってことか」

「三だ」と、口をはさんだのはカイトだ。自分のベッドからは距離《きょり》があるのに、コソコソ話をぜんぶ聞いていたらしい。

カイトはあいかわらず寝《ね》ころがって、天井《てんじょう》を見つめていた。

二人はつい、その視線を追ってみたが、白い天井《てんじょう》というだけで、特になにもない。

「三なんて、タタン言ってねえぞ？」

キイが怪訝《けげん》そうな目つきできくと、カイトはふっと笑った。

「オレが考えた理由だ。つまり、ただの遊び」

キイは思わず立ちあがった。

「どういう意味だよ？　遊びってなんだよ？」

「オレたちもこの実験もべつにどうでもいいんだ。不条理な罰《ばつ》は、見ていておもしろいからだろう。空のことは、適当に空に見えるものをつくっただけ。屋内にずっと閉じこめられるんじゃ息子が哀《あわ》れだからだ。これは合法的にお坊《ぼっ》ちゃまを無実にし、親父《おやじ》さんが名を上げるための出来レースってことさ。そのために、都合のよい残りの五人をかき集めた。ループいくらなんでも、世間体《せけんてい》として、息子ひとりだけを救うわけにはいかないからな。ループ計画反対派だって、しょせんは上流階級だ。クズと養子縁組《えんぐみ》したいなんて、あり得ない」

バスルームから出たレイジンが、カイトの前に立った。

「なに、それ？　ぼくはちがうと思う」

「おまえの親父《おやじ》さんは、よっぽど息子がかわいいんだろうよ」

「ちがう。父はカイトが考えているような人間じゃない」

「どういう人間なんだ？」

「息子が有罪になるのはなんとしても阻止《そし》しただろうけど、それは父自身のためだ。それにこれは、父の一存だけでつくれるようなプロジェクトではないよ。話は全部聞こえたけど、ぼくは、タタンの言うように一と二の両方だと思う。父は、議員の中でもループ計画賛成派のトップだけど、人数的には反対派も半数いるんだよ。革命でも起きかねないって心配しているんだ。この話は本当だよ。ぼくのクラスメイトの親が反対派だからね」

レイジンの話を聞いて、カイトは鼻で笑った。

「革命を恐《おそ》れている反対派がいるのは本当かもしれないが、この宿舎の実験はただの出来レースだ。考えてもみろ。いくらループ内で出生率が低くても、血統を重んじる上流階級が、下流階級のクズを養子にするわけがない」

カイトはレイジンを見もせず、寝《ね》ころがったまま話す。

レイジンは、カイトの態度に、少しイライラしてきた。

「そうじゃない。きみはループの事情を知らないじゃないか」

「あたりまえだ。雲の上にはたどり着けないからな」

「たしかに、ぼくの父は養子縁組《えんぐみ》に反対している。でも養子縁組《えんぐみ》をしたがっている人はループ内に本当にいるんだよ。これは、絶対に出来レースなんかじゃない」

カイトはむっくり起きあがり、レイジンをじっと見た。

「ふん。もしそうなら、反対勢力ってのが、おまえをすぐに有罪にさせるか、少なくともメディアを巻きこんで騒《さわ》ぎたてたはずだろ？　おまえの親父《おやじ》さんが目障《めざわ》りなはずだからな。そもそも、メインスポンサーの親父《おやじ》さんが、反対派の喜ぶ養子制度を試《ため》すようなこの実験に金を出したと思うか？」

レイジンは、数歩歩いてカイトに近づいた。

「ちがう。父にお金があっても、こんなプロジェクトを独断で進められるほどの権力はない。だからこそ、ここで反対派が希望した養子縁組《えんぐみ》のための実験も行われているんだ。ただ、父はきっと、下流階級の子をしばらく英才教育したところでなにも変わらないと確信しているはずだ。高《たか》をくくっているんだと思うよ」

カイトも、一歩もゆずらない。

「もし本当にクズと養子縁組《えんぐみ》をしたい上流階級のやつがいるなら、オレはせいぜい品行方正になって、養子にしてもらう。うまいものを食って、プールで泳いで、身の危険も感じず、最高じゃないか。喜んで従順な子羊になるよ。だが、どうせそんなのは夢物語だ」

キイは、兄の言葉を信じられないでいた。

深夜徘徊《はいかい》し、なにやら危ないことに手を出していたカイトが、従順な子羊になんかなれるはずがない。キイほど反抗的《はんこうてき》ではないにしても、上流階級を憎《にく》んでいるはずだ。

「ねえ」

タタンが口をはさむ。いつのまにか、彼《かれ》も立ちあがっていた。

「この計画は、もともとあったのでは？　もちろん、レイジンが入るはずではなかったんだろう。養子縁組《えんぐみ》のためだけの実験だったんじゃないかな。ただ、予算が足りなくて、すぐにスタートできなかった。そしたら、養子縁組《えんぐみ》に反対していたレイジンのおとうさんがこのプロジェクトに賛成するしかない事情が生まれたんだ。つまり、きみが捕《つか》まってしまったことだよ。レイジン、偽造《ぎぞう》が見つかったのは、いつ？」

「ええと、先月の……ここに来る約二週間前かな」

レイジンが考えながら答えると、タタンがうなずいた。

「二週間か。レイジンのおとうさんが、すぐお金を出して、出来レースをやらせたとしても、この宿舎を建てるか改装して、ガーデンと、プールと、ウソの空もつくって人数分の家具もそろえて、コーチやサポーターも見つけて、それぞれのレベルのマンツーマンの英才教育をオーガナイズするのに、もっと時間かからない？」

「あ」

全員がたがいの目を見あった。キイはこくこくうなずきながら言う。

「タタンの説が正しいとすると、レイジンとマユ以外の四人は、養子候補を育成する実験リストに最初から入っていたってことか？　親が見つかるかもしれねえタタンは一時的なものかもしれねえが。で、オレはここに入れられるために、まんまとハメられて捕《つか》まった。マユは、ひょっとすると養子候補以外の上流階級のレイジンを入れることを正当化するために都合のいい存在だった。そういや、タタンが救助されたのって一か月以上前だろ？ツジツマが合うぜ。けど、オレたち四人が選ばれた基準はなんだ？　タイミングよく問題を起こしたヤツ？」

レイジンが腕《うで》を組んで、こっくりうなずいた。

「選ばれた基準は……ぼくの想像だと、養子縁組《えんぐみ》に反対する人にとっては、自己改革が無理そうな問題児や、文化や言葉のハンディがある難民であること。養子縁組《えんぐみ》に賛成する人にとっては、おそらく容姿が良いから。つまり、双方《そうほう》が納得《なっとく》できる子を選んだんじゃないかな」

キイがププッと吹《ふ》き出した。

「マシュラやタタンはいいとして、オレとカイトの容姿がいいのかよ？」

「二人とも変な目つきをやめれば、容姿は良いと思うよ」

「へえ、そいつは知らなかったぜ」

まだ笑っているキイは、ちらっと兄を見た。

「ま、あり得なくはない」

カイトはあくびをしながら言った。

「たぶん」と言いながら、レイジンは室内を見まわす。

「屋内にこの宿舎をつくった理由は、それなら建設許可も必要ないし、簡単だからではないかな。壁《かべ》は、すべてハリボテかもしれない。もしかすると、実際に住めるようにしてある映画かドラマのセットだったのかもしれない」

「そうだな。あ、それかさ……」

キイは目を光らせた。

「……ひょっとして、逆かもしれねえぞ。もともと用意していたこの宿舎を外から隠《かく》すために、カバーした。レイジンのことや養子縁《えん》組《ぐみ》目的の実験がメディアに見つかるとまずいからさ」

そのとき、ブザー音が鳴り、スピーカーからアナウンスが流れた。

――消灯十分前。就寝《しゅうしん》の支度《したく》を開始。

10　有言実行

その日の夜、キイは就寝前《しゅうしん》に早めに部屋に入り、ベッドでゴソゴソと準備をしていた。自分のシーツを歯でかんで切れ目を入れ、手で引きさいているのだ。

寝《ね》る支度《したく》を整えたレイジンが歩いてきて、心配そうな顔でキイを見ているタタンのベッドに腰《こし》かけた。

「キイ、シーツがないことはあとでバレるよ。どうするの？　それに、そんなものをロープ代わりにしたところで、強度的にどうかと思うよ？」

「いや、編めばわりと強いはずだ。前はよく蔓《つる》とかでつくってた」

キイは歯でシーツをかみながら言う。

「ここに監視《かんし》カメラはないみたいだけど、シーツを洗いに出すときに、どうごまかすの？」

「まあ、なんとかなるさ」

キイはひたすらシーツを引きさいている。

「もしかしてキイ、また逃《に》げるのかい？」

タタンがますます心配そうな顔をしている。

「逃《に》げねえよ。逃《に》げ道を確認するだけだ。オレの本能が登れと言っているんだ。いざとなったとき、全員で逃《に》げる道があるか、ここがどこなのか、あと構造も気になるしな」

「ただ、確認するだけ？」

「ん。確認したらもどる。よしっと」

キイはシーツを引きさきおえて、こんどは編みはじめた。

「ロープ上りは得意なんだ。オレ、軽いからだいじょうぶだろ。ここを出るころには太っちまって、わかんねえけどな。ヒヒヒ」

こんなときに笑っているキイを、レイジンは信じられないといった顔で見てから、大げさなため息をついた。

「前に話してくれた計画だと、見つかってしまうと思うよ。ぼくらがなるべくコーチたちの注意を引きつけてはおくけれど、せいぜい数分しか無理だろうし」

「数分でいいよ。よろしく頼《たの》むぜ」

タタンもレイジンをまねして、大きなため息をついた。

「キイ、やっぱりやめたほうがいいと思う。危ないよ」

「オレは身軽だ。心配するな」

「いや、心配だよ」

「この建物のあの窓のない二階部分にはなにかあるはずだ。天窓があるなら、上から中が見えるはずだろ。それに、壁《かべ》の向こうになにがあるのか、屋根の上から見ればきっとなにかわかる。あのウソの空にしても、仕組みがわかるかもしれねえ。オレは『インサイド』の構造を知りてえ。いざってときに逃《に》げられなかったら、ヤバいだろ？」

レイジンは頭をぶるんぶるんとふりながら「うう」ともらした。

「頑固《がんこ》だな、きみは。ぼくだって構造は知りたいが、天窓が開いてるとは限らないし、仮想《ヴァーチャル》スカイは、スクリーンを張らなくてもできる。逃《に》げ道を見つけておいたとしても、どうせ逃《に》げられないよ。失格になるだけだ。わかっているだろう？」

キイはちらっとレイジンに目をやった。

「いざっていうのは、もっとヤバそうな、失格とかなんとか言ってる場合じゃねえときのことだ。とにかく、屋根に登ればいろいろわかると思う」

キイは編んだシーツのところどころに結び目をつくり、長いロープを完成させると、ベッドサイドテーブルの引きだしに隠《かく》した。

「コーチさまが見まわりに来るぞ。さあ、よい子は寝《ね》ようぜ」

そんなジョークを言うと、いつのまにかカイトが近くに来ていた。

「おい、それ、本当にやるのか？」

両手をだらりと下げて、半分寝《ね》たような目のまま、カイトがきいた。

「おう、近々、いいタイミングを見計らってな」

「そのまま逃《に》げきれると思っているのか？」

「ちげえよ。インサイドを理解するためだ。オレは一人じゃ逃《に》げねえって決めた」

「そう決めたなら、おとなしくしていろ」

目は眠《ねむ》そうだが、いつになくしっかりした兄のもの言いにキイが驚《おどろ》きつつ「ちっ……」と言葉をにごしていると、カイトは鼻で笑った。

「インサイドだろうがなんだろうが、わかったところで、なにも変わらないだろう？」

キイは少し考えてから兄を見上げた。

「最初からここは建物の中だと言えばそれですむことを、なんでわざわざニセの空までつくってオレらをだまそうとしてんの？　カイトは気になんねえの？」

「理由なんかどうでもいい。とにかく、オレたちを巻きこむな」

「真相を知りたいだけだ。それに、屋根の上に登るなというルールはねえぞ」

キイはイライラしていた。カイトはいつからこんなに従順な羊になったのだろうか。

「ルールがないとしても、反抗的《はんこうてき》なのは明らかだろう。争える相手じゃない。権力に抵抗《ていこう》すれば、オレたちみたいなクズのガキは片手でひねりつぶされ、集合墓地へポイされるのがオチだ。上のあれは本物の空だ。そう信じておけ。たぶん、与《あた》えられたものを信じるという態度こそが大事なんだ。それから」

カイトは、タタンとレイジンをじろりと見た。

「おまえら、キイに協力するなよ。わかったな？」

早口でそう言うと、カイトは自分のベッドのほうにもどっていく。

心配そうにキイの顔色をうかがうタタンとレイジンを安心させるように、キイは大きくうなずいて、ささやいた。

「頼《たの》む。責任はオレが取るから。オレがこういう合図をしたら……」

カイトには聞こえないように、キイはタタンとレイジンの耳元にささやいた。

——消灯五分前。部屋点検。

いつものアナウンスが流れてきてすぐに、コーチがドアを開けて入ってきた。


夕方になると、空はどんよりとしていて、今にも大雨が降りそうな空模様になった。

ガラス戸の外を見ていたキイは、ニヤニヤしていた。

ここに来てから、雨が降ったことはない。カムフラージュの空から雨を降らせるのは、さすがに金がかかるからだろう。彼《かれ》らはキイたちがいるあいだ、一度も雨を降らせないつもりでいたのだろうか。それとも、夜中に雨が降ったことにして、水でもまくのかもしれない。

カイトの言っていたことは当たっているかもしれないと、キイは思いはじめていた。

最初から建物の中の施設《しせつ》だと言えばすむのに、わざわざ仮想《ヴァーチャル》の空をつくったのは、与《あた》えられたものを信じられるかどうか、というテストなのだ。

疑問を持たず、信じること。

あるいは、もし仮想《ヴァーチャル》だと気づいたとしても、信じているというフリをつづけられるかどうか、というテストなのかもしれない。ウソだとわかっても、従うこと。それこそが、彼《かれ》らの求める「従順な羊」への第一歩なのかもしれない。

キイは決心した。

だからこそ、よじ登るのだ。あの空は信じていないし、信じようとも思わない。すべてがウソくさくて、信用できない。いざとなったら、みんなで逃《に》げる。そのためには、少なくとも、このインサイドの構造を知っておかないといけない。

今すぐ逃《に》げはしないし、暴力もふるわない。屋根に登るなというルールは聞いていない。それで失格になるとは思えない。もし失格になるとしても、自分だけのはずだ。

そもそも、このプロジェクトで成功しても、養子になるつもりはない。ハウスの他の孤《こ》児《じ》たちに合わせる顔がないじゃないか。

そんなことを考えていると、キイはますますヤル気が出てきた。

いつのまにかサポーターがいなくなり、コーチがラウンジの端《はし》にすわっていた。

「だれかオレとボール遊びしねえ?」

キイがラウンジ全体に声をかけたが、だれもうんと言わない。

「ちぇっ」と舌を鳴らしてからキイは庭に出て、一人でボールをシュートしはじめた。むし暑いから、すぐに汗《あせ》が出てくる。

キイはガラス戸越《ご》しにちらちらとラウンジを見て、タイミングを見計らっている。

一方、ラウンジではタタンとレイジンが言いあいを始め、マユとマシュラがかけつけた。

三人掛《が》けソファにだらりとすわっているのは、カイト。目をつぶっている。

急にレイジンが声を荒《あら》らげ、言い争いが激しくなってきた。庭まで声がもれる。

コーチが腰《こし》をあげて、レイジンたちのほうに歩いていった。

「いい加減にしろ。やめないと、罰《ばつ》として、全員夕食なしにするぞ！」

とたんに静かになった。

「レイジンが、最低なことを言いました。聞いてください！」

タタンの訴《うった》えに、腕《うで》を組んだままコーチはあごで許可した。

「彼《かれ》は、お金の苦労を知らないのです。だから……」

タタンの話をレイジンが「お金がすべてじゃない！　タタンだって、ぼくの苦労がわからないんだよ！」とさえぎり、マユが「レイジンはお金の苦労はないかもしれないけど、それなりに大変なんだと思う」とレイジンを擁護《ようご》し、マシュラが「レイジンはつめたいひとだ」とタタンに加勢し、また四人は騒《さわ》ぎはじめた。

コーチが「静かに！　ひとりずつ冷静に話せ！」とどなり、やっと静かになると、レイジンが自分の考えを話しだした。

みんながラウンジでもめているあいだに、キイは、あらかじめプールのうしろに隠《かく》しておいたハンガー付きの手製ロープを引っぱり出して、スタスタと奥《おく》に向かって歩いていく。建物の側面は壁《かべ》と接しているため、入りこめない。なるべくラウンジから離《はな》れたところで、キイは立ちどまった。

ハンガーが音を立てないように、タオルを巻いてある。上のカギの部分だけはメタルがむき出しになっているから、どこかに引っかかってくれることを祈《いの》るのみだ。建物の屋根の上に煙突《えんとつ》は見えないが、屋根の縁《ふち》になにか凹凸《おうとつ》があるように見える。ひょっとすると、あそこは屋根ではなく、屋上になっているのかもしれない。

ハンガーをブルンッとふりまわして屋根の上をめがけて投げたが、壁《かべ》に当たっただけで屋根にはのらず、思ったよりも音を立ててしまった。

しかしラウンジからはかなり離《はな》れている。きっと気がつかれずにすむだろうと予想し、再トライする。

ブルンッ、ヒュウン、ガチッ。こんどはうまく屋根にのり、どこかに引っかかったようだ。強く引っぱってても落ちてこない。念のためにもう一度ロープをぐいっと引っぱってみると、びくともしなかった。キイは小さく深呼吸をした。

一《いち》か八《ばち》かってやつだ。

そうつぶやくと、室内ばきと靴下《くつした》をぬいで裸足《はだし》になった。足の裏に唾《つば》をはいて少し湿《しめ》らせると、窓枠《まどわく》に足がかりを見つけ、まずはロープにあまり頼《たよ》らないようにして、登りはじめた。

しかし肝心《かんじん》の二階にあたる窓のない部分は、壁《へき》面がツルツルしていて、足を引っかけるところがない。そこまで行ったら、やはりロープに頼《たよ》るしかない。子どものころにやったロープ登りと同じだ。ロープがなくて、みんなで川辺の蔓《つる》を編んでつなぎ合わせてロープをつくり、高い木の枝に引っかけて遊んだ。キイが一番、ロープ登りが得意だった。片足の指をロープの結び目に引っかけ、もう片方の足を木の幹に当てて進むと、ロープがまわらずに登りやすい。

今回も、ロープにつくっておいた結び目を右足の指ではさみ、左足を壁面《へきめん》につけ、親指に力を入れて、体重をかけた。

いける。よし。

ぐいっと進んだそのとき、下で大声がした。

「やめろ！　落ちるぞ！」

コーチの声だ。

あと少しで、少なくとも壁《かべ》の向こうに何があるか見えそうだ。どうせ罰《ばつ》を受けるなら、いっそ登りきってしまえ。

手を上の結び目にずらしてぐいっぐいっと進みながら横を見ると、壁《かべ》の向こうに、なにか見えた気がした。

その瞬間《しゅんかん》、ふわっと体が浮《う》いた。体が落ちていく。

反射的に目をつぶった。叫《さけ》ぶ暇《ひま》すらなかった。ほんの数メートルの高さのはずなのに、やけに長いこと落下していた気がした。

そして、ドスン、とやわらかいものに当たった。

目を開けると、大きなクッションごとコーチに抱《かか》えられていた。岩のような体格のコーチもさすがに衝撃《しょうげき》に耐《た》えきれずに激しくよろめいたものの、なんとか倒《たお》れずにすんだ。

キイはあわててコーチが抱《かか》えていたクッションから飛びおりた。

腰《こし》が少し痛いが、たいしたことはない。

ヘラヘラしてごまかしているが、心臓が爆発《ばくはつ》しそうだった。

いざとなったら足から飛びおりればいいと思っていたが、体をコントロールするようなゆとりはなかった。運動神経には自信があるため、余裕《よゆう》で着地できるだろうと高《たか》をくっていたのだが、垂直にではなく、背中から落ちたのだ。

「どうも」

キイがとりあえず礼を言うと、コーチはそばにいたマユにクッションを押《お》しつけながら、どなりつけた。

「このバカモノが！　礼ならカイトに言え！　彼《かれ》が報告してくれたから、間にあったのだ。あのまま落下していたら、死んでいたかもしれん！」

カイトが裏切ったのか？

キイはカイトの姿を探したが、その場にいない。

「逃《に》げたかったのかね？」

本当のことを言うべきだろうと、キイは思った。

自分がこの空間のウソに気づいていることを、わからせないといけない。

「あー、いや、逃《に》げるつもりはないけど、壁《かべ》の向こうになにがあるのか知りたくて。あと、空も、もしかしてウソじゃね？　って思って」

「こんないいかげんな道具で、屋根に登れると思ったわけか。こんな調子では、きみはいつまでたっても下流階級から抜《ぬ》け出せないだろう。わからんのかね？」

「まあ、バカなもんで」

「罰《ばつ》を与《あた》えねばならない」

夕食抜《ぬ》きになることはわかっていた。もっとひどい罰《ばつ》かもしれない。

罰《ばつ》の覚悟《かくご》はできているが、キイはくやしかった。

あと少しだったのに、結局ここの構造がどうなっているのか、知ることはできなかった。

しかし、壁《かべ》の向こうにぼんやりと見えたのは、まちがいなく、外の景色ではなかった。

あとでこっそりと、そのことをレイジンやタタン、マユに伝えた。

ここはまちがいなく、大きな建物の中にある『インサイド』だ。

11　従うべきか、否《いな》か

「ええっ！」

　全員がサポーターを、それからキイを見た。

　キイの行動を助けたみんなも連帯責任を取らされるかもしれないということは、薄々《うすうす》想定してはいた。罰《ばつ》を免《まぬが》れられるのは、おそらく告げ口をしたカイトだけだろうと。

　ところが、配膳口《はいぜんぐち》から一人分だけ出てきた夕食の皿は、サポーターの手でキイの前に置かれた。

「なんでオレ？　オレが屋根に登った張本人だぜ？」

　キイは抗議《こうぎ》した。

「きみだけ食べなさい。命令です」

「オレの責任なのに、なんでオレだけ食うの？　そんなのおかしいだろ！　それに、屋根に登るなというルールを聞いていない以上、自由じゃねえか！」

「そのとおりだ！」

ソファで腕《うで》を組んでいるコーチから、声が飛んできた。

「たしかに、屋根に登ること自体はルール違反《いはん》ではない。だが、きみは自分の命を危険にさらした。きみが死んでいたら、われわれの責任になっただろう。罰《ばつ》に値《あたい》する」

「どうせクズひとりが死んだって、かまやしねえくせに！」

キイは反論する。

「外で起きればわたしの管轄《かんかつ》外だが、ここで死なれてはこまるのだ。そして、不条理にも、きみ以外の全員が罰《ばつ》を受ける。不公平、不条理なのが世の中の常だ。学びたまえ」

「そんなもん学びたくねーよ」

キイは皿をぐいっと前に押《お》した。

「きみに選択《せんたく》の余地はありません。これは命令です。食べなさい」

サポーターが皿を押《お》しかえした。

キイは首を左右にふり、また皿を押《お》そうとしたが、サポーターに手首をギュッとつかまれた。またしても手がロックされている。

無理やり動かそうとして、キイは悲鳴を上げた。

「ひぃーっ！」

手を離《はな》してもらったが、手首がじんじん痛む。

「きみがこれを完食しない場合、明日の朝食も、きみ以外は抜《ぬ》きになります」

ガタン！と音を立てて、キイは立ちあがった。

「そんなことが許されるのかよ？　レイジンの親父《おやじ》はこのプロジェクトに金を出してんだろ？　許すわけねえよ」

「どういう罰《ばつ》を与《あた》えるかはわれわれに一任されています。著《いちじる》しいけがをさせない限り、契《けい》約上《やくじょう》、問題ありません。それに、健康なきみたちの場合、二、三食抜《ぬ》いたところで、死にはしません。つべこべ言わずに、早く食べなさい」

「いらねーよ！」

「おい」と、端《はし》の席から声が飛んできた。

「いいかげんにしろ、キイ！　おまえが食わないと、オレたちは明日の朝メシまで抜《ぬ》きになるんだぞ！」

めずらしくカイトがどなっているのを見て、弟はもちろん、全員が驚《おどろ》いた。

「キイ、頼《たの》むから食べてくれ」

レイジンがため息まじりに言い、タタンやマユもうなずいた。

キイはひきつった表情のまますわり、渋々《しぶしぶ》食べはじめる。

こういうときに限って、夕食はごちそうだ。いつものように、小さなカードには、メニューが記されている。

白身魚のフライなど、キイは食べたことがない。まして、タルタルソースなるものは、耳にしたことすらなかった。カリカリに揚《あ》げられた白身魚のフライにそのソースをのせて口に入れたとたん、キイの口元がゆるんでしまった。

う、うまい。

キイはもぐもぐかみながら、うっかりつぶやいてしまった。

見ていられなくなったマシュラが立ちあがろうとすると、サポーターに「すわっていなさい」と指示された。

「食べていなくても、席には着いていること。これもストレス耐性《たいせい》テストです」

キイはみんなの顔を見る勇気がない。無理やり決行したのは自分だ。そして、自分だけがごちそうを食べている。なるべくまずそうな顔つきで食べようとするのだが、つい頬《ほお》がゆるんでしまう。

グウウ、と前にすわっているマシュラの腹が鳴った。食べるのが生きがいのようなマシュラの前で、自分だけがごちそうを食べているのは、いたたまれない。

キイは皿におおいかぶさるような姿勢で、みんなを見ないようにして食べる。そしてコーチたちのねらいを考えはじめた。

どなったりすることがないカイトがあれだけ怒《おこ》ったのだから、相当イラついているのだろう。タタンやレイジン、マユ、マシュラにしてもおなじだ。みんなが自分をうとましく思っているにちがいない。食べものの恨《うら》みは恐《おそ》ろしいというではないか。

なるほど、仲間割れをさせようとしているのか。それこそが向こうのねらいだとしても、問題は、その先にある目的だ。

オレたちをケンカさせ、養子縁組《えんぐみ》の話を失敗させたいのか。クソガキはすぐに理性を失うからダメだと烙印《らくいん》を押《お》したいのか。だとすると、オレがループ計画賛成派を優位に立たせようとしてしまったのか。

あれこれ考えていると、頭が痛くなってきた。

夕食後の自由時間、ラウンジのソファに全員が集まっていた。

三人掛《が》けソファにキイを中心にレイジン、マユがすわっている。もうひとつの三人掛《が》けソファにはタタンと、彼《かれ》から少し離《はな》れてマシュラ。そして、ひとり掛《が》けソファにずるずると落ちそうな姿勢ですわっているのは、カイト。コーチは交代でもう帰ったのか、見かけない。サポーターは、収納室のほうに歩いていった。

キイはみんなに頭を下げた。

「メシ抜《ぬ》きになっちまって、わりぃ。オレだけがメシ抜《ぬ》きの刑《けい》だと思ってたんだ」

「まあ、ケガがなくて、よかった」

タタンがそう言うと、横にいるマシュラもだまったままうなずいた。

レイジンはギュルギュル鳴る胃をさすっている。

「正直、空腹ではあるけれど、ぼくも『インサイド』の構造を知りたかったから真剣《しんけん》に止めなかったし、骨折のリスクを負ったのはきみだし、まあ無事だったわけだし」

「いいダイエットだよ。気にしなくていいからね」

マユはニコニコしながらキイの頭をポンポンたたいた。

キイが姿勢を正してマユより座高を高くしようとした瞬間《しゅんかん》、カイトがいつものようにだるそうな声をあげた。

「おまえら、もっと怒《おこ》るべきだ。オレは腹が減って、今夜は眠《ねむ》れる気がしない」

「だから、あやまったじゃねーか」

キイはカイトをにらみつけた。

「こいつらが優《やさ》しいからって、いい気になるな。ほんっと、クソヤロウだよな」

「そっちこそクソヤロウだ！　仲間を売るなんて、オレたちの掟《おきて》に反するじゃねえか！」

「命の恩人に礼も言わずに、ずいぶんとえらそうだな」

「なんだと！」

キイが立ちあがろうと腰《こし》を浮《う》かせたとき、「まあまあまあ」と、キイの腕《うで》を引っぱって止めたのは、マユだ。

「兄弟ゲンカはそこまで。仲良くクソ兄弟ってことで、どう？　どうせわたしら、ここにいる時点で全員クソなわけだし」

「ぼくまで『全員』に入れないでくれ」

「レイジン、いつまでそんなこと言ってんの？　あんたもわたしもキイもカイトもクソだよ。マシュラとタタンは普通《ふつう》の子たちだけど、シチュエーション的にはやっぱクソ状態なわけだし。ってわけで、レイジンお坊《ぼっ》ちゃま、ようこそクソクラブへ」

マユがそう言いおわると、タタンがプッと吹《ふ》き出し、マシュラがつづき、キイもうっかり笑い、レイジンだけは大きなため息をついたが、しまいにはクスクス笑い出した。

カイトだけは笑わなかった。

「仲良しごっこはやめろ。ヘドが出る」

キイはため息をついた。

「べつに仲良しごっこはしてねえだろ。ヘド出したきゃ出せよ」

「おまえがヘマをやるたびに、こうしてみんなが迷惑《めいわく》をこうむる。ここのルールに従え」

いつも弟を無視するカイトが、めずらしくしつこく絡《から》んでくる。一食抜《ぬ》くのが、よほど耐《た》えがたいものだったのかもしれない。

「ルール？　わるいことをしたヤツじゃなくてまわりが罰《ばっ》せられるとか、食べものを分け与《あた》えたヤツが罰《ばっ》せられるとかっていう、クソルールのことか？」

「それが、ここのルールだ。いや、ここの外でもそうかもな。慣れておいたほうがいいぞ」

キイは「おい」と、カイトを凝視《ぎょうし》する。

「おまえ、鍵穴《かぎあな》から抜《ぬ》け出すナメクジのほうがまだマシだったぜ！　ちょっとうまいもの食わせてもらったら、すっかり羊か？」

カイトはいたってまじめな顔つきでうなずいた。

「そうだ。うまいものを食って、英才教育を受けて、良い環境《かんきょう》で暮らして、まるで自分に価値があるような錯覚《さっかく》をしていられるからな。ここを出たら、もう二度とこんなうまい飯を食ったり、プールで泳いだり、真新しいシーツのベッドで寝《ね》ることはない。ここにいるあいだはルールを守って、一生分のぜいたくを味わっておけ」

「あのな！」と、キイが言いかけたとき、タタンが手をバタバタふった。

「待って待って。ぼくは、二人とも正しいと思う。みんながルールに従うとうまくいくなら、そうするべきだよね。だからルールというものが存在するのでしょ？」

カイトはだまってうなずく。

キイがなにか言いたそうだが、タタンが先に言葉をつづけた。

「でも、もしそのルールがまちがっていたら？」

五人はだまってタタンを見た。

「だよな？　どう考えてもおかしいぜ」

キイはうなずくが、カイトはフンッと笑った。

「まちがったルールなんて、いくらでもある。それに、ルールをやぶってもいい権力者と、ほんのちょっとルールをやぶっただけで罰《ばっ》せられるやつがいる。それがこの世の中だ。生まれつきの運とおなじで不公平なんだ」

レイジンはやれやれ、と頭をふった。

「たしかに、ぼくは上流階級に生まれた。ただの運だ。ぼくの努力でもなんでもない。でも、それ自体、なんだかおかしいと思うようになってきたよ」

「ねえ」

今度はマユが身を乗りだした。

「カイトはさ、ここにいるあいだはおかしなルールでも従えっていうけど、その論理でいくと、ここを出たあとだって、世の中のおかしなルールに従えってことにならない？」

カイトは大きくうなずいた。

「ああ、そのとおりだ。オレは今まで、鍵《かぎ》をかけられれば開けていた。自由を求めてね。だが、うろついたところで自由なんてどこにもなかった。むしろ逆だった。オレたち下流階級に自由は永遠にないんだということを、思い知ったね」

キイはカイトの言葉を聞き、イライラしていた。

兄はどんどんおかしな方向に行っているようにしか思えない。

「だったら、もし『役に立たない下流階級と底辺《ボトム》は皆殺《みなごろ》しにしろ』っていうルールができたら、おまえは殺されることに甘《あま》んじるのかよ？」

カイトは鼻で笑った。

「甘《あま》んじるもなにも、相手が武器を持つ大勢の兵士で、こっちは石しか持っていないとしたら、抵抗《ていこう》することに意味はあるか？」

「いくらなんでも、そんなことは起きないよ」

マユがそう言うと、マシュラがめずらしく「どうかな」と、つぶやいた。

しばらく考えてから、キイは反論した。

「万が一そんなことが起きたら、オレはだまってやられるより、抵抗《ていこう》する。解決策があるかもしれねえし、少なくとも、抵抗《ていこう》した人間がいたって事実を残さねえと、未来は真っ暗だからな」

マユがうなずいた。

「わたしもいっしょにバリケードをつくる」

カイトがクスクス笑った。

「マユ、言うことだけはカッコいいな。けどな、いざとなったら、みんな自分の身だけ守ろうとする。それでいい。なにもクズどものために、一般市民《いっぱんしみん》のおまえが自分を犠牲《ぎせい》にする必要はない」

シーンとした。

沈黙《ちんもく》をやぶるように、タタンが声をあげた。

「話が大きくなりすぎだよ。とにかくぼくはキイに同感で、ここのルールはおかしいと思う。だまって受け入れていないで、抗議《こうぎ》してみない？　それとも、試《ため》しもしないで、最初からあきらめる？　ぼくは、どこにでもついていく従順な羊になる必要はないと思う。争うんじゃなくて、冷静に抗議《こうぎ》する手もあると思うよ」

「抗議《こうぎ》なんかしたって、ムダだ」

カイトはは吐き捨てたが、マユとキイは身を乗りだした。

「どう抗議《こうぎ》するんだ？」

「もしかすると、やり方が、あるかもしれない」

レイジンが考えながらつぶやくと、カイト以外の全員がうなずいた。

12 抗議《こうぎ》するとき

ついに、プロジェクトの責任者と交渉《こうしょう》することになった。

そこまで持っていけたのは、レイジンの功績だ。みなで話しあって「抗議《こうぎ》しよう」とはなったが、彼《かれ》がコーチをとおしてスポンサーである父親に訴《うった》えかけなければ、交渉《こうしょう》の場は設けられなかっただろう。

「すげえな、おまえ、がんばったじゃん」

キイにほめられて、レイジンは照れくさそうにした。

「親父《おやじ》を脅《おど》したのか？」

「脅《おど》したわけじゃない。ただ、ここの不条理なルールをメディアに流すって言ったんだ」

「でもさ」

マユは驚《おどろ》きを隠《かく》せない様子だ。

「わたし、レイジンのおとうさんの力でメディアはなんとでもなると思ってた」

「うん。だから国内のメディアはダメだ。同盟国以外の海外メディアに情報を流すって言ったんだ。ここのセキュリティがきびしいなら、ここを出たときにやるって言ってやったら、交渉《こうしょう》に応じるって。この国からこっそり脱出《だっしゅつ》した人たちが、海外でこの国の実情を伝えていることもあって、情報流出をすごく恐《おそ》れているんだよ」

「おまえ、最高に最悪なヤツだな」

キイに肩《かた》をたたかれて、レイジンは笑った。

「それ、ほめ言葉でしょ？　じゃ作戦を練ろう」

しかし、カイトは最後まで「抗議《こうぎ》なんかしてもムダだ」と、反対した。

「してみないとわからないじゃないか」というのが残りの五人の意見だった。

「最初からあきらめていたら、なにひとつ変わらないよ。わるくなるばかりだ。抗議《こうぎ》してみたら、少しは良いほうに変わるかもしれない。ぼくたちがやるべきことは、反抗《はんこう》じゃなくて、抗議《こうぎ》、いや、交渉《こうしょう》だよ。それには、全員そろって言わないと意味がないと思う。カイト、この作戦にはきみも必要なんだよ」

そうタタンに説得され、カイトは考えておく、と返事をした。

毎日プールの中で遊んでいるフリをしながら作戦会議をしていると、やがてカイトが来て、六人目になると申し出た。

条件は、「冷静に話す」「準備をしっかりする」「キイは最初から最後までだまっている」ことだった。

「それを守れるなら、メンバーのひとりとして参加するよ」

不満げなキイは、マユとタタンに説得されて、渋々《しぶしぶ》承知した。


いよいよ交渉《こうしょう》の日。全員がテーブルに着いた。

コーチとサポーター以外に、オンラインでこのプロジェクトの責任者が参加している。

抗議側《こうぎがわ》のリーダーは、マユ。

「六人で話しあった結果、主にわたしが六人の代表として話します。最初に、確認させてください。あなたはループ計画賛成派ですか？　反対派ですか？」

「わたしは中立の立場だ。だからこそ、このプロジェクトの責任者を任されている」

「わかりました。それでは本題に入ります。わたしたち六人は、ここのルールに対し、抗《こう》議《ぎ》します。まず」

マユはゆっくり話す。

「ストレス耐性《たいせい》テストが必要だとしても、屋根に登ろうとした人以外の五人が罰《ばつ》を受けたことや、クジ引きで負けた一人だけが食べられないという罰《ばつ》、さらに、優《やさ》しさから食事を分けようとした人が罰《ばつ》を受けるのは、どう考えても、道徳に反します」

残りの五人はこくこくとうなずきながら、マユの話を聞いている。

「なるほど。それで……」

そう言いかけた責任者を、マユが止めた。

「すみませんが、まだ話は終わっていません。コーチたちは、世の中はそういうものだから、不条理なルールに従い、それに慣れよとおっしゃいました。でも、まちがっている命令に服従し、慣れることに、なんのメリットも見いだせません」

「話は終わったかね？」

「終わっていません」

マユは五人をちらっと見てから、もう一度責任者を見すえた。

「質問があります。まちがった命令に従うことの先にあるのは、どんな社会ですか？　なにも考えずにただ誘導《ゆうどう》される羊になれ、とおっしゃるんですか？　こまった人を見捨てることが、まともな人になることですか？　とりあえず、以上です」

マユの抗議《こうぎ》内容を聞いて、五人はそれぞれ満足げにうなずいた。

初老の責任者は、白いあごひげをなでつけながら、うなずいた。

「きみたちの抗議《こうぎ》内容はわかった。われわれは今回、おおまかなガイドラインはつくってあったが、具体的な罰則《ばっそく》は指導員たちに任せていた。そこに行きすぎの行為《こうい》があったかどうかは、のちほど審査《しんさ》委員会で……」

責任者がまだ話している最中に、タタンとレイジンが同時に手を挙げ、許可される前にレイジンが話しはじめた。

「逃《に》げないでください」

「ガイドラインの内容を教えてもらえますか？」

タタンがつけ加える。

責任者は小さなため息をついた。

「ガイドラインでは、ストレス耐性《たいせい》テストを週に一回以上行うこと。ストレスを与《あた》えられても冷静に対処できるようになるまで訓練をつづけること、という項目《こうもく》があった。そのストレス耐性《たいせい》テストの中には、理《り》不尽《ふじん》で、不条理なことも含《ふく》まれる。それがこの世の常《つね》だからだ。ただ、具体的にどうするかは、指導員たちの判断に任せていた」

コーチとサポーターは、無表情のままだ。

しばらくの沈黙《ちんもく》のあと、六人のきびしい視線を感じた責任者は話をつづける。

「……要するに、彼《かれ》らがきみたちに与《あた》えた罰則《ばっそく》は、ガイドラインに沿ったものではあったのだが、特に食に関しての罰《ばつ》を与《あた》えろと指示したわけではない」

六人はそれぞれため息をついた。

どうせこういう答えが返ってくることは想像していたのだが。

「つまり、今回の行きすぎた罰則《ばっそく》は、コーチたちのせいだということですか?」

マユは、あくまでも冷静に話す。父との議論で熱くなってしまったことを、反省していた。これからは、敵に負けないために理路整然と話すことを心に誓《ちか》ったのだ。

「いや」

画面の中の責任者は、小さくため息をついた。

「そうではないが……まあ、いい。きみたちが反乱を起こしたりせず、こうやって交渉《こうしょう》の場を求めたのは、大きな成果だ。それが大事だと、わたしは思うがね」

マユは仲間の目を見た。全員が首を左右にふっている。

「先ほどお答えいただけなかったので、質問を繰りかえします。わたしたちを、まちがった方向へ誘導《ゆうどう》されてもなにも考えずに従う羊にさせることが、プロジェクトの目的なんですか？　つまり羊のように従順になった子と養子縁組《えんぐみ》することで、出生率が低すぎる上流階級をレスキューすることが目的でしょうか？」

画面の向こうの責任者は、首をかきながら苦笑いをした。

「どうやら、きみたちを甘《あま》く見ていたようだな。実は、ストレス耐性《たいせい》テストを繰りかえすことで、たぶんきみたちのあいだで大変な争いが起き、われわれに対して暴力的な反乱が起きるだろうと予想されていたのだよ」

六人はたがいの目を見た。

やはり、争いを起こさせるための罰《ばつ》だったのか？

キイは文句を言いたいのをこらえ、ただ唇《くちびる》をかみしめている。

「わたしたちが反乱も起こさず激しいケンカさえもしなかったのは想定外、というわけですか？　もし反乱が起きていたら、どうしたんですか？」

マユの声はますます冷静に、かつトゲトゲしくなっていく。

「当然、警察が介入《かいにゅう》しただろう。ループ計画反対派は、きみたちのあいだでこのテストをパスする意義について話しあうような良い関係ができて、反乱が起きないことを願っていた。しかし、ループ計画賛成派はかならず問題が起きると想定したし、正直、中立の立場であるわたしも悲観的だった」

カイトが苦笑しながら手を挙げた。

「つまり、下流階級のオレとキイさえいれば、調和がくずれるはずだったわけですね」

マユが顔をしかめた。

「反乱が起きたら、やはり生まれつき質《たち》のわるいヤツは従順な羊にならない、このプロジェクトは意味がない、という結論を出す予定だったんですね？」

コホン、と咳《せき》をして責任者は水を一口飲むと、話をつづけた。

「反乱が起きてしまったら、仕方がない。しかし、問題児とされるきみたちには強さがある。精神的にも肉体的にも強い。だからこそ、英才教育を受けることによって賢《かしこ》くなるばかりか、上流階級の養子としてふさわしい人間になれるかもしれないと考えたのは本当だ。このプロジェクトは、それを見極《みきわ》めるためのものでもあるのだ。ループ計画反対派は、養子縁組《えんぐみ》賛成派でもある。そういう資質のある子を見極《みきわ》め、養子縁組《えんぐみ》を希望している」

六人は複雑な表情をしている。

ループ計画反対派が養子縁組《えんぐみ》を期待しているのは、どうやら本当らしい。やはりそのための実験でもあったわけだ。むしろ、それが先にあって、そこにたまたまレイジンやマユが入ったのだという推測は正しかったようだ。

孤児《こじ》にとって良い話かもしれない。だが頭のどこかに、モヤモヤとした疑惑《ぎわく》が残る。

キイが手を挙げた。

カイトはギョッとした目で弟を見た。レイジンがカイトの表情を見て、あわてでとなりにすわっているキイのひざをたたいたが、キイはコーチに許可されて、至極真《しごくま》っ当《とう》な話し方で話しはじめてしまった。

「ループ計画が実行されたら、外は荒《あ》れていてもループ内だけは平和っていう状態になりますよね。そんなの長く続きますかね。そのうち、逆にループの中が孤立《こりつ》するんじゃないですか。まるでぜいたくなつくりの牢屋《ろうや》ですよね。この施設《しせつ》みたいだ。勝手なループ計画って、そういう自己破滅《はめつ》の運命ですかね？」

その場が凍《こお》りついた。相手が返事をする前に、キイはたたみかける。

「ひょっとすると、ループ計画の反対派と賛成派の両方が納得《なっとく》いくように決まるかもしれないですよね。だとすると、ループのまわりに壁《かべ》ができて、壁《かべ》の外はどんどん貧しくなりますよね。気に入った下流階級の孤児《こじ》との養子縁組《えんぐみ》も実行されて、孤児《こじ》の何人かは救われるけど、選ばれなかった孤児《こじ》は飢《う》え死にしろってことですかね？」

カイトが手を伸《の》ばしてキイの腕《うで》をつかみ、ささやいた。

「今、ここで言うべきことじゃない」

キイはカイトの手をふりほどく。

「いや、今言うしかないだろ。責任者と話せる機会はもうないぞ」

責任者の表情がかたくなった。

「そうならないように、われわれは善処する」

キイはムカムカしていた。「善処する」は便利すぎる言葉だ。口を開こうとしていると、マユに止められた。

「今はまず、こっちの要求を通さないと意味がないよ」

キイが渋々《しぶしぶ》うなずき、マユは相手に要求を伝える。

「ではまず、ここの理不尽《りふじん》なルールを撤廃《てっぱい》してください。たとえば、食事が一人分減っても、ストレス耐性《たいせい》テストとして受け止めますが、わたしたちは食事を分けあいます。自分たちで問題を解決する方法を見つけ、乗りこえます。それを認めてもらえますか？」

「わかった。それで良いかね、コーチ、サポーター？」

コーチとサポーターがうなずき、やっと交渉《こうしょう》が終了《しゅうりょう》した。

＊

その日、夕方の自由時間に、プールで六人が大騒《おおさわ》ぎをしたのは言うまでもない。五人ではない。カイトもいた。ただ水に浮《う》いていただけだが、たしかにカイトもそこにいた。弟には腹を立てていたが、こちらの要求が通ったことには満足していた。

キイも喜んではいたが、「善処する」というステレオタイプな返事が頭から離《はな》れない。善処はしたが無理だった、という言い訳が聞こえてきそうだ。

一体どうすればいいのだろう。

いや、どうにもしようがない。自分にはなんの力もないのだ。

13　友だちとか家族とか

「この、スープの中の四角いのはなんだろう？」

レイジンが、自分のスープを引き寄せ、クンクン匂《にお》いをかいでいる。

「メニューカードを読め。合成肉だ。入っているだけマシだと思え」

淡々《たんたん》と答えたカイトは、さっさと食べはじめた。

「え、あの、いろんなものが入っている合成肉か？」

レイジンがスープ皿を押《お》しのけたのを見て、キイは苦笑した。

「そ。動物の肉以外のい、い、い、いろんなものが入ってんの。これが入っているときは、ごちそうって感じだったぜ、オレたちにとってはな」

キイは、こんな朝食を食べるのは一年ぶりのような気がしていた。まだ数週間しか経《た》っていないはずなのだが。

「いつもこういう朝ごはんを食べていたの？」

マユはスープをすすり、少し顔をしかめた。

「まあね。このクズパンが硬《かた》すぎるから、スープに入れるんだよ、こうやって」

にやにやしながらキイはクズパンをちぎって、スープに入れて見せる。


レイジンは、この数日つづいている粗末《そまつ》な食事にうんざりしていた。食事のことで父親かプロジェクトの責任者と話しあいたいと申し出たが、却下《きゃっか》された。

「こんなものを毎日食べられるわけがないでしょう！」

今にも泣きそうな顔で、レイジンがコーチに叫《さけ》んだ。

「きみのお父上は、息子の人生経験としてたいへん貴重だとおっしゃっていたぞ」

レイジンは立ちあがった。

「だったら、父がこれを食べてみたらいいんだ！」

「きみの場合、国際詐欺《さぎ》になるところだったから、罪は相当重かっただろう。きみが失格となれば、他の議員の手前、もうお父上でもきみを助けられないだろう。少年刑務所《けいむしょ》もこれとおなじような食事のはずだが、どうするかね？」

レイジンが、ヘナヘナとイスにすわりこんだ。

質素な食事はそのあとも一週間つづいた。レイジンはみるみる生気を失い、顔はどんどん青白くなってきた。ツヤツヤの肌《はだ》ときれいに整えられたヘアスタイルは、もう見る影《かげ》もない。栄養の問題ではない。精神的なストレスのためだ。

それが証拠《しょうこ》に、キイやカイトは、むしろ体調が良い。食べすぎることもなく、体が軽い。すっかり舌が肥えてしまっていたため、欲求不満にはなっていたが、レイジンのように絶望するほどではなかった。

「オレだって、正直うまいメシは恋《こい》しいけど、なくても死なねえよ。おまえはどうせ前の生活にもどれるのに、なんでそんなに落ちこんでんだ？」

夕食後にキイが最近無口なレイジンに言うと、彼《かれ》は深いため息をついてから、重い口を開いた。

「ぼくは、やはり、こういう食事はおかしいと思う」

「おまえはここを出たら、もう二度と食わねえじゃんか」

レイジンは小さくうなずいた。

「一時的でもきつい。きみたちは、これがあたりまえの生活にもどるんだな……」

キイは苦笑いした。

「しょうがねえだろ。そういう世の中だ。マシュラなんてもっとひでえや」

「わかっているよ。でも、おかしい。前は……下流階級の人や不法移民をバカにしていたんだ。本人たちがその生活を抜《ぬ》け出す努力をしないからだって思っていた。いっしょに過ごして、はじめてわかったんだ。そもそもチャンスさえないわけだし、いつもお腹《なか》を空《す》かせて育ったら、ヤル気なんか出るわけがない」

キイはフッと笑って、レイジンの肩《かた》に手を置いた。

「おまえ、最初はクソいやなヤツだったけど、最近『クソ』は取れたな」

レイジンはムッとした表情をした。

「なにそれ。『クソ』が取れても、ぼくは今でもやはり『いやなヤツ』なのか？」

ププッ。キイが笑い出し、マシュラが笑い、そばで聞いていたタタンやマユも笑う。

しまいにはレイジンも笑った。

「おい」

ひとり掛《が》けソファでだらだらしていたカイトが、声をあげた。

「おまえら、仲良しごっこはやめろと言ったはずだぞ。ここを出てそれぞれの世界にもどれば、もう永久に縁《えん》がないいんだからな」

「あーうるせえな、カイト」

キイは、うんざりした。ハウスでもそうだった。カイトはいつも孤立《こりつ》していた。

「どうして永久に縁《えん》がないなんて言うんだい？　また会えるでしょう？」

そう言うタタンに向かって、カイトはふてぶてしく笑った。

「くくっ……会うだって？　オレたちが会いに行ったら、レイジンちのガードマンがドアを開けると思っているのか？　不法侵入《しんにゅう》で捕《つか》まるのがオチだ。おまえら、ほんっとにおめでたいな」

「そんなことはない。ガードマンにはきちんと話をとおしておく」

まじめな表情でそう言ったレイジンを見て、カイトはあきれ顔をした。

「そういうことじゃない。いきなり訪ねたら、オレたちは泥棒《どろぼう》呼ばわりされて捕《つか》まる下流階級だ。オレたちとおまえじゃ、世界がちがうと言っているんだ。偽善者《ぎぜんしゃ》ぶるのはよせ」

「なぜカイトはいつもそう、ひねくれた考えかたをするのかな」

カイトはレイジンをバカにしたように鼻で笑ってから、きつい目つきになった。

「オレがひねくれてるだって？」

「ごめん、言いかたがわるかったよ」

突然《とつぜん》カイトが立ちあがった。

「オレは現実的なだけだ。上流階級の世界しか知らないおまえが、ちょっとクズパンを食ったただけで、もうオレたちのことをわかったような気になってるのか？　施《ほどこ》しでもしたいのか？　ふざけるな。オレはめったに怒《おこ》らない性格だが、限度ってもんがある」

カイトが、めずらしく感情をあらわにしている。レイジンはあとずさりをした。

「ご、ごめん」

レイジンの袖《そで》を、キイが引っぱった。

「あやまらなくていいぜ。こいつは頭がおかしいんだ。弟にさえ心を開かないカッチカチの石みたいなやつだ。相手にしても仕方がねえよ」

「おまえはだまっていろ」

「だまってねえよ。レイジンは友だちだ。上流だろうがなんだろうが、関係ねえよ」

カイトは立ちあがり、レイジンを右手でぐいっと押《お》しのけて、キイに近寄った。

「寝《ね》ぼけたことを言うな。オレたちは今は、この箱の中でおなじユニフォームを着ておなじメシを食っている。だから対等な気がしているんだろうが、ここの外ではちがうぞ。おまえはもう二度とこの坊《ぼっ》ちゃんと口をきけない。よく覚えておけ。かんちがい野郎《やろう》」

キイはカイトをにらみつけた。

「だったらおまえには下流階級の友だちがいるのかよ？　おなじ階級の人間にだって心を開かねえだろ？　問題は、レイジンじゃねえぞ。おまえだよ、カイト！」

「友だちとか家族とか、まだそういうくだらない夢を見ているのか。そんなものは幻想《げんそう》だ。少なくとも、オレたちには永遠に縁《えん》がない。まだまだガキだな」

「ふざけるな！」

キイが手をふり上げた。

カイトのえり首をつかもうとしたキイの手首を、カイトがつかんだ。

「やめろ。失格になりたいのか？　ここで問題を起こさずに生活して無罪放免《ほうめん》になったら、ここであったことはすべて忘れるんだ。下流階級にだって、仕事はあるぞ」

「軍隊かよ？　おまえみたいなナメクジが、どうやって兵士になるんだ？」

「いや、兵士じゃない。他の仕事もないわけじゃない。クソなりの仕事ならな」

「クソなりってなんだよ！　ああ、例のやつか。路上の死体を運んだり、ヤバい会社のヤバい合成ドラッグの人体実験っていう、だれもやりたがらない仕事をしてえのかよ」

「ああ、食べていけるならな。ドラッグ治験は対価もいい」

「そりゃそうだ。死ぬ可能性もあるし、捕《つか》まったら会社もおまえも有罪だからな！『危険を承知の上』のサインが必要なんだろ。オレはそんなんでもいいぜ。兵士より向いてるかもしんねえ。どうせなんの才能もねえしよ。けどおまえは絵を描《か》けよ！　ループの路上で絵を描《か》いて物乞《ものご》いをするって方法もあるぜ。この根性《こんじょう》なしのナメクジめ！」

　カイトの手をふりほどき、キイはこぶしをにぎった右手をふり上げた。

「キイ！」と叫《さけ》んでマユが走りよって止めようとしたが、逆にキイのひじに当たって突《つ》きとばされた。マユは壁《かべ》に頭をゴンと音を立ててぶつけた。

　びっくりしたキイは、カイトをなぐるのをやめた。

「いたーっ、もう、このヤセぎすのバカ力め！」

「わりぃ、おまえがじゃますっから」

　それまでだまって様子を見ていたコーチが、足早に近寄ってきた。

「そこまでだ。それ以上騒《さわ》ぐなら、おまえら全員、失格にするぞ」

キイは「くそっ」とつぶやくと、部屋のすみっこへ行き、ずるずるとしゃがみこんだ。

「きみは絵を描《か》く道具が欲《ほ》しいのか？」

コーチの意外な質問にカイトは驚《おどろ》いて、首を横にふった。

「……べつに、いいです」

「資質観察教材のひとつとして、道具を与《あた》えることはできるが？」

数秒迷ってから、カイトはうなずいた。

キイは自分の耳を疑った。

コーチがカイトに絵の具を与《あた》えるだって？

床《ゆか》に足を投げ出したまま、キイはコーチをしげしげとながめた。


翌日から、自由時間になると、カイトはずっとルーム0《ゼロ》で絵を描《か》いた。

もらった大判のスケッチブックと鉛筆《えんぴつ》、色鉛筆《いろえんぴつ》、アクリル絵の具を使っている。最初は絵画用のデジタル端末《デバイス》を勧《すす》められたが、カイトは紙がいいと主張した。

白い紙のスケッチブックは、下流階級の人間にとっては一生手にできないほど高価だ。

学校で使うノートも、あちこちの廃墟《はいきょ》となったビルから回収した古く色あせた紙の再利用や、漂白《ひょうはく》をされていない再生紙だった。下流階級の学校では、端末《デバイス》を用意する予算がないため、未《いま》だに黒板や紙を使うのだ。

大きな白い紙を前に、カイトは最初の色を塗《ぬ》るのにずいぶん時間がかかった。アクリル絵の具はもちろん、赤以外の色鉛筆《いろえんぴつ》にも触《さわ》ったことがなかったのだ。あまりにもカラフルな絵の具が目の前にあり、心が躍《おど》り、指が震《ふる》えた。

キイは、その様子をこっそり見にいっていた。カイトは集中していて、まわりの音が聞こえず、ドアをそっと開けても気がつかなかった。兄が色を使うとどんな絵を描《か》くのか、キイは興味津々《しんしん》だった。しかし肝心《かんじん》の絵がよく見えない。

近寄ろうとして部屋に入ったが、カイトに気づかれ、追い出されてしまった。

しかも、カイトはスケッチブックを肌身離《はだみはな》さず持ちあるき、絶対に見せてくれない。シャワーのときでさえ、ビニール袋《ぶくろ》に入れて、シャワールームに持ちこんでしまう。

兄の絵を見たくて、キイはうずうずしていた。

「あんたって、実はおにいちゃん思いなんだね。カイトのこと、いつも気にしてるじゃん？」

ある日、マユにそんなことを言われて、キイは怒《おこ》った。

「おい、マユ、じょうだんじゃねえぞ！」

「じょうだんじゃないよ。カイトもそうだよね。あんたが本当に屋根に向かって登っているのを知ったとき、血相変えてクッションつかんであたふたして心配してたもん」

キイはムッとした表情で聞いていた。

「あいつが心配するわけねえじゃん」

「素直《すなお》じゃないなあ。あれ、カイトは細すぎてあんたのことを受けとめられないから、仕方なくコーチに告げ口したんだと思うよ？　カイト、顔色が真っ青だった」

そんなはずはない。カイトが自分を心配するはずがないのだ。

キイはそう思い、マユを横目でにらんだ。

「あいつはオレなんか、どうでもいいんだよ。いつも突《つ》きはなされたり、無視されたりだったんだぜ。オレ、前はあいつのことが心配だったんだ。夜中、なんかヤバいことに手を出していたのは知ってたからさ。でも、話そうと思っても、いつも無視されてきた」

「ねえ、それさ」

マユはまわりにカイトが来ていないことをたしかめてから、キイに顔を近づけた。

「もしかして、カイトはあんたを巻きこみたくなかったのかもしれないよ？」

「は？」

「もし本当に窃盗《せっとう》グループかなにかに関わっていたなら、弟がいるのがわかれば弱みになっちゃうでしょ。あんたを危険にさらすことにもなる。だからじゃないのかな？」

「ちげーよ」

と言ってはみたものの、キイの頭の中で、自分を避《さ》けてきたカイトの姿が浮《う》かんできた。

明け方に帰ってくるカイトはいつも、憂鬱《ゆううつ》そうな顔つきをしていた。

ひどいケガをして帰ってきたこともあるが、キイが心配して理由を聞いても、口を開かなかった。真夜中にこっそりカイトを追いかけたときは、ハウスの外で突《つ》きとばされ、「帰らないとぶっ殺すぞ！」と脅《おど》された。そのときのカイトは、見たことがないほど真剣《しんけん》だった。自分はそれほどまでに足手まといなのだと思い、ついていくのはそれっきりやめたのだ。

もしかして、そうなのか？　まさかな。

「あり得ねーよ。もう二度とそういうくだらないことを言うな」

マユは不満げな表情をした。

「そうかなぁ」

「そうだよ。ただ、オレは絵とかなんもわかんねえけど、あいつの絵はすげえってことだけは、わかる。オレには才能ねえけど、才能を見抜《ぬ》く力があるんだ。なんちゃってな」

「へえ、もしかして、アーティストのプロデュースみたいなことしたいの？」

「あ、それ、いいな。そういうのって、下流階級出身でもできるもんかな？」

「どうだろう。でも、下流階級出身のアーティストやミュージシャンはいるっていう話はきいたことあるよ？　ほら、なんだっけ、わりと有名な、紫《むらさき》の頭の」

「ヴィオスのことだな！　歌詞がいいんだよ。オレらのヒーローだ。あいつ、あちこちに寄付してんだぜ。一回、ハウスにもドカッと寄付してくれたんだ」

「へえ、カッコいいじゃん」

「そう。カッコいいんだ。すげーよな。最初のころは手作りの楽器でさ。超《ちょう》イケてた。今は高そうな楽器も使ってっけどさ。あいつの歌には、魂《たましい》が入ってんだよ」

「ああ、そうだね。あの強面《こわもて》で、意外にしんみりした愛の歌が多いんだよね」

「泣かせるよ。なあ、ヴィオスだったら、ループの中に住めるのかな？」

「ムリでしょ。ヴィオスのインタビューを読んだけど、あの人はうちのそばに住んでるみたい。ループの中は、生まれつきの上流階級しか住めないよ。たとえお金があっても、家を買ったり借りたりできないらしいよ。例外はあるらしいけど、そういう超《ちょう》お金持ちは、ループに住む権利をものすごい額で買うんだと思う」

「ちぇっ、すげえ差別だよな。そういうクソシステム、やっぱぶちこわしてえな」

「うん、ぶちこわしてえな」

「おい、オレのしゃべりかたはマネすんな」

「なんで？」

「なんでって、そりゃ、その、なんつーか、おまえの顔に合わないから」

そこまで言うと、キイは逃《に》げ出した。

背後でマユがゲラゲラ笑っているのが聞こえた。

14　住む世界がちがう

二か月半が過ぎた。

質素な食事週間を経《へ》て、ぜいたくな食事にもどったが、安心していると、突然《とつぜん》また質素なものに変わることがある。

おいしそうなケーキが一人にだけ出されたときは、さすがにみんなで文句を言った。それでも、もめるほどのことではなかった。分けてはいけないというルールを撤廃《てっぱい》したため、小さなケーキを六人で分けた。

また、エアコンがつかずに室内が猛暑《もうしょ》になったり、急に自由時間返上で延々《えんえん》とリポートを書かされたりと、ストレス耐性《たいせい》テストが増えた。だが、その都度《つど》文句を言いつつも六人は冷静に対処し、騒《さわ》ぐことはなかった。

インサイドの庭に雨が降ることは一度もなく、英才教育はつつがなく進み、自由時間にカイトはいつもひとりで絵を描《か》き、残りの五人はボールやプールで遊びながら、よくしゃべった。

昨日は美容師が出張してきて、きれいに髪《かみ》をカットしてくれた。カイト、キイ、マシュラは生まれてはじめてプロの美容師に髪《かみ》を切ってもらった。

顔色が良くなり、こざっぱりしたヘアスタイルで、わるい目つきが消えてきたキイは、「まるで自分のクラスメイトに見える」と、レイジンにからかわれた。

ある夕方、プールの水に浮《う》きながら、キイがつぶやいた。

「オレたちこれからどうなるんだろうな」

四人はしんみりした表情でうなずいた。

「このままここにいたいんだよねえ、わたし」

マユがため息まじりに言うと、マシュラはうんうんうなずいた。

「わたしも。このあと、どこにいくんだろう。ふあんだな」

「そうだね。ぼくも正直不安だ」

タタンも表情を曇《くも》らせる。

「わたしとレイジン以外の四人には、養子縁組《えんぐみ》の話もあるかもよ？」

マユは本気でそう言ったが、四人は笑った。

「まさか。いや、でもマシュラがそうなったら、オレはうれしいぜ」

キイがそう言うと、マシュラがにっこり笑った。

「ありがとう」

最近顔がふっくらしたマシュラを、キイは妹のように思っている。

大きなため息をついたのはレイジンだ。

「ぼくも帰りたくないいな。食事は最悪のこともあったけど、ここのほうが居心地が良かったよ。でも、そろそろ真剣《しんけん》に取りくまないとね」

「真剣《しんけん》に取りくむって、まさかハッキングのプロを目指すんじゃねえだろうな？」

最近はキイがからかっても、レイジンは怒《おこ》らなくなった。

「前も夢の話をしたと思うけど、ようやく具体的な夢っていうか、目標ができたからさ」

「リベンジってやつかよ？」

「いや、そうじゃなくて」

レイジンは急に声を落とした。

いつものように、みんなはすぐに顔を寄せる。

「ぼくは、将来、ループ計画反対派の応援《おうえん》をしたい。どう考えても、ループ内だけ楽園にしようなんて、ひどすぎる。そのためには、なるべく早く議会に入らなきゃ。せいぜい品行方正になったフリをがんばるよ」

「そっか、大きい夢だね！　キイは？」

タタンが顔をキイに向けた。

「あー、夢？　夢で終わるだろうけど、下流階級の仲間にいろいろ配りてえな。クズパンじゃないパンとか、絵を描《か》く道具とか、エアータッチ端末《デバイス》とか、空気の入っているボールとか。っつーかこの階級制度、やめさせてえよ」

タタンとマシュラ、マユが拍手《はくしゅ》をした。

「その夢すごいよ！」

「ま、ただの夢で終わるだろうけどな」

照れるキイの背中を、タタンがたたいた。

「どうして、ただの夢なの？」

「壁《かべ》ができちまったら、下流階級はもっとわるい状況《じょうきょう》になるだろ。もしループ計画がボツになって、レイジン議員くんが今言ったことを忘れなければ、ひょっとすると、ひょっとするかもしれねえけどな」

「そしたらキイ、おいしいもの、たくさんくばってね」

マシュラがそう言うと、マユもうなずいた。

「けど、カイトじゃねえけど、悲観的になっちまう」

苦笑いをするキイを、タタンはしみじみと見た。

「キイ。ぼくは旅先で、いろんな人や国を見たよ。キイにお金がなくても、貧しい子どもを助ける方法、あるよ」

「この国にはねーよ」

「ないなら、つくればいいよ」

キイは目をむいた。

「は？　タタン、なに考えてんだ？　クズのオレにそんなのつくれるわけねーだろ。せいぜいできて、自分が稼《かせ》いだ金を寄付するぐらいだ。稼《かせ》げたら、の話だけどさ」

横でレイジンが鼻で笑ったのを見て、キイはムッとした。

「どうせオレは将来だって金も力もねーよ。けど、オレがコツコツ貯《た》めてた小銭だって、本当はだれかのために使うつもりだったんだ。没収《ぼっしゅう》されちまったけど！」

レイジンがあわてた。

「ちがう。笑ったんじゃなくて、苦笑だよ。だって、キイってただの不良だと思っていたら、すごくまともじゃないか。きみのほうが、ループで壁《かべ》をつくって自分たちだけ守ろうとしている父よりずっとまともだ」

急にレイジンがまじめな表情で話すから、キイは驚《おどろ》いた。

「ふーん。そういう意味か。そうだ。オレたちがシステムを考えて、おまえは金を出す。そうすりゃ解決できるぜ。どうだ？」

「ああ、なるほど……」

レイジンはまじめな顔つきで、答えを考えているようだった。

「ばーか、ジョークだよ。おまえんちがどんだけ金持ちだって、おまえが使えるわけじゃねえし。ところで、おまえらの夢は変わったか？」

キイにきかれて、マシュラはすぐにうなずいた。

「うん。まいにちゴハンたべることじゃなくて、まいにちおいしいゴハンたべること」

みんなが笑ってから、マユがまじめな顔をした。

「でも、おかしいよ。ループ内では余ったごちそうを捨てる人もいるんじゃない？」

レイジンは渋《しぶ》い表情でうなずいた。

「うん……かなり大量に、捨てられていると思う」

「やっぱりね。わたし、そういうの変だと思う。そっちの余りを、食べられない人に配ればいいはずなのに。集めて配るシステムができていないだけの話なのかな。それとも、捨てるのはいいけど、あげるのはいやだって話？」

マユの話に、みんながこくこくうなずく。

「自分たち以外の人が飢《う》えてることに無関心なんだよ」

タタンもため息まじりに言った。

「世の中、不公平なことだらけだよね。わたしは父の件で知ったけど、実は不正も汚《お》職《しょく》もたくさん起きてるんだよ。なんとかしたい」

マユの意見があまりにも正義で、キイは笑ってしまった。

「すげーな、マユ。レイジンみたいに、議員になれよ。全力で応援《おうえん》するぜ」

「政治家か。でもさ、一般《いっぱん》市民から議員になれた人って、ほとんどいないんだよ。なれたとしても、大臣にはなれないし」

マユの目は真剣《しんけん》だ。

「それがそもそもおかしいよね」

レイジンは髪《かみ》をかきあげながら、以前中流階級地区の怪《あや》しげな古本屋で入手し、父に内緒《ないしょ》でこっそり読んだ歴史の本を思い出す。

「大昔はどこの国でもだいたいそうだったんだ。貴族だけが政治を担うことができたし、大学には貴族の男子しか入れなかった。それが、徐々《じょじょ》に人々が立ちあがり、進歩して、かなり平等な社会になった。なのにこの国は、いつのまにかまた大昔みたいな階級社会にもどってしまったんだよね。教科書には都合の良いことしか書いていないから、ぼくも自分で調べるまで知らなかったんだけど」

「平等な社会って、すげーな。そんなの夢だ」

キイが頭の中であれこれ想像する。

マユが手をパチンとたたいた。

「大昔に一度システムを変えられたんなら、不可能じゃないってことだよ。いずれ、ひっくり返すしかない」

四人がマユに向かって拍手《はくしゅ》した。


数日後、保護者とのオンライン面談が行われた。とは言っても、実際に面談したのはマユと、レイジンだけだ。他の四人は、面談するべき保護者がいない。

面談後、やわらかい表情になっていたマユに、キイは話しかけた。

「どうだった？」

「母と話せてよかったよ。ここの生活ぶりを話したら、安心していた」

「親父《おやじ》は？」

キイがそうきいたとたん、マユは顔をしかめた。

「あいつには会いたくない。あいつが出ていかないなら、もう家にはもどりたくない」

「そっか」

「くやしいけど、あいつを法的に成敗《せいばい》する方法はないんだ。だから家にもどると、あいつは涼《すず》しい顔をして家の中にいる。そして、自分こそ正義みたいな顔をして、のさばるんだよ」

「でもおまえ、家以外に行くところはあるのか？」

「ない。どうしよう。このままここにいられたらいいのにな」

「そうかぁ？　どんなに居心地がよくても、オレはいやだね。あー、川で泳ぎてぇ」

「この都市で泳げるほどきれいな川なんて、ないでしょ？」

「オレらはちょっとぐらい汚《きたな》くても泳ぐんだよ。魚もいるぞ。小さくてしょぼくてまずいやつ。でも焼けば一応食えるぜ」

「お腹《なか》痛くなりそう。で、そのしょぼい川魚と遊ぶためにここから逃《に》げたかったんだ？」

くすくす笑うマユを見て、キイもつられて笑ってしまう。

「ちぇっ。それだけじゃねえよ。風を切って土手を走りてえし。雪が降れば、土手で段ボールを尻《しり》の下に敷《し》いてすべって遊べるし。いくらメシがうまくても、こんな箱に一生閉じこめられてたら、じわじわ腐《くさ》っていくぜ」

マユは、小さくうなずいた。

「それはわかる。さすがにせますぎるよね。場所もそうだけど、たったの六人と、コーチたちだけの世界なんて、あり得ない。恋愛《れんあい》もしたいし」

「え」

マユがそんなことを言うと思っていなかったキイは、少し動揺《どうよう》した。

「あたりまえでしょ。まあ、マシュラは一生ここにいたいって言ってるけど」

「一生かよ。どんだけひどい目にあってきたんだろうな、あいつ」

二人は、ソファでうとうとしているマシュラを見つめた。

「そういや、タタンはどうすんの？」

キイは近づいてきたタタンにきいた。

「どうするって、ここを出たあとのこと？　キイは？」

「ハウスにはもどりたくねえけど、選べる立場じゃねえしなぁ」

「ぼくもたぶん、児童養護施設《しせつ》かな。だったら、キイとおなじところに行きたいな」

「それ、わるくねえな。マシュラもいっしょにさ。もしあいつが養子縁組《えんぐみ》されなければ、の話だけど」

「あ、じゃあ、わたしもおなじ施設《しせつ》に行きたいな」

「なに言ってんだ、マユ。中流階級のまともな家族がいるヤツは、入れねえぞ」

「ずるい。わたしもみんなといっしょに施設《しせつ》のほうがいいよ。クズパンでもがまんするからさ！　そしたら父といっしょに住まなくてすむし」

三人で会話が盛りあがっていると、やっとルーム0《ゼロ》からレイジンが歩いてきた。

「おう、ずいぶん長いこと面会してたなぁ」

キイが声をかけると、レイジンは興奮した顔つきで、うなずいた。

「話すことがたくさんあってね、父とも、それからぼくの弁護士とも」

「すげーな。おまえ専用の弁護士がいるのか」

「まあね。いそがしくなるよ！」

レイジンの目がやけに輝《かがや》いているのを見て、キイはさびしくなった。

カイトの言うとおりかもしれない。

ここを出たら、自分とレイジンでは、住む世界がちがいすぎる。

15　外　―アウトサイド―

　庭でボールをバスケットゴールにシュートしたあと、空を見ながらキイはふっと笑った。

「ここが建物の中だってことがとっくにバレてんの、あいつら知らねえのかな。わざわざこんなに暑く設定しなくてもいいだろ。演出しすぎだぜ」

　落ちたボールを拾って自分もシュートをしてみたレイジンが、「わあ、入った！」と大喜びした。レイジンはバスケットボールが苦手なのだ。

「めずらしく入ったな。雨降るんじゃね？」

　キイは思わず空を見上げてから、笑った。

「結局、雨は一度も降らなかったね」

「さすがに装置が大変なんだろ」

「うん。でも雨雲は時々見たし、あの雲の向こうの太陽みたいなやつも、本物に見えるよね。いつも雲のうしろに隠《かく》しているけど」

「そういや、そうだな」

いつも雲がある。太陽そのものがはっきりと顔を出すことはない。

「ぼくらがすでに気づいていることに気づいているはずだけど、最後まで演出をがんばる気なのかな」

レイジンがもう一回シュートをねらったボールは、ゴールを大きく外れてしまった。

キイがかなり離《はな》れたところからボールを投げると、すっぽりとゴールに入った。

「キイって、絶対外さないよね」

「毎日やってたら、さすがにうまくなったぜ。なあ、『インサイド』のことは、コーチかサポーターに、面と向かってきいてもいいんじゃね?」

レイジンはうなずいた。

「ここを出ていくときには、本当のことを言ってくれるかもね。ぼくたち、最近良い子羊をしてるから、無事にここを出ていけるよ。とくにキイはすごく変わったよね」

「おうよ。オレもすっかり子羊メエメエだ。けど、良い子ぶりっ子しているうちに、マジで羊になったらヤバい。もとの世界でサバイバルできねえかも」

「ははは」

「笑いごとじゃねえよ」

「ふふふふ。ごめんごめん」

ガラッとガラス戸が開いて、コーチが顔を出した。

「雷雨《らいう》になるかもしれないから、中に入れ」

それを聞いて、キイとレイジンは目を合わせて吹《ふ》き出した。


「全員そこに並びなさい」

コーチのとなりに、サポーターが立っていた。

「あれっ、二人そろって、どーしたの？」

キイがからかうと、コーチがにらみつけてきた。しかし、最近ではコーチの強面《こわもて》も、するどい視線も、あまり怖《こわ》くない。

「きみたちの資質や能力の向上具合を報告し会議をしたところ、本日をもって、このプロジェクトを終了《しゅうりょう》することになった」

「えーっ!?」

六人がいっせいに声をあげた。

キイはそわそわしだした。いつかこの日が来るのはわかっていたが、今日とは思っていなかった。自由になることはうれしいが、仲間と別れる不安もある。

カイトは眉間《みけん》にシワを寄せ、マユは小さなため息をついた。タタンは無表情だったが、マシュラは不安げな表情でみんなの顔を見た。レイジンだけは明るい表情をしていた。

「まず、この三か月間の生活態度について」

コーチは、無表情のまま話をつづける。

「きみたちは、ストレスによる感情の起伏《きふく》をコントロールし、論理的にディスカッションし、交渉《こうしょう》に成功した。きみたちのレポートはＡＩによって分析《ぶんせき》され、正直な言葉だと判断された。中には……」

コーチはキイをちらっと見た。

「逃亡《とうぼう》を企《くわだ》てたり屋根に登ろうとしたりという騒《さわ》ぎを起こした者もいたが、最終的には生活態度を改めた。脱走《だっそう》常習犯は一度も逃《に》げ出さなかったし、ハッカーはハッキングを試みることもしなかった。反抗的《はんこうてき》な問題児も、適切な環境《かんきょう》と教育、ふさわしい食事を与《あた》えれば、有能で、ルールに従える人間になるという前例になったはずだ。この成功は、ループ特別行政区計画の検討に役立つだろう」

そこでコーチは言葉を切ると、エアータッチ端末《デバイス》をスクロールさせた。

「英才教育は、想像以上の結果を引き出した。このプロジェクト開始前は、低い階級に生まれた者にはなんの資質もないという先入観のある議員もいたが」

「ちっ、クソが！」

キイが口をはさむと、コーチがあきれ顔でキイを見た。

「なめられないために、いつでもきちんと話すスキルを身につけろ。交渉《こうしょう》のときはていねいな言葉で話せていただろうが。それと、人が話しているときに割りこむわるい癖《くせ》を直せ。せっかく伸《の》びている資質を捨てるつもりか？」

キイは目をしばたたかせた。

資質があるなどと言われたのは、生まれてはじめてだ。

コーチは、それぞれのデータを見ながら言う。

「たった三か月ではあったが、それぞれ学習成果もあった。また、もともと英才教育を受けていたレイジンの成績が向上したのは、ここでの暮らしがモチベーションにつながったからだろう。これは責任者からのメッセージだ。『きみたちは、このプロジェクトの有効性を証明した。おめでとう。のちほど、本部できみたちに会えることを楽しみにしている』。以上だ。きみたちは今日から無罪放免《ほうめん》だ」

全員がうなずいたが、マシュラとタタンは複雑な表情をしている。

「いいか、問題を起こした四人は、もう二度と過《あやま》ちを犯《おか》すな。ここでうまくいったからといって、この先も永遠に無罪放免《ほうめん》ということではない。次はなんの救済措置《そち》もないぞ。わかったかね？」

四人がこっくりうなずいた。

「あの、わたし、これから、どこに……すむのですか？」

マシュラが不安そうな声をあげた。

「ぼくも、それ知りたいです」

タタンも手を挙げながらたずねると、サポーターはうなずいた。

「のちほど本部で説明されますが、たとえ養子縁組《えんぐみ》のオファーをもらったとしても、断る権利があります。また、児童養護施設《しせつ》三か所のどれかを選ぶこともできます。まずは、荷物を取ってきなさい。ユニフォームはそのまま着ていってもよいし、クローゼットに収納してあるクリーニングずみの自分の服に着替《きが》えてもよいです」

荷物を持った五人がラウンジにもどると、遅《おく》れてカイトがやってきた。腕《うで》の中にスケッチブックをぎゅっと抱《かか》えこんでいる。

「このスケッチブックと絵の具と筆は……」

カイトが低い声で言った。

「ぜんぶ持っていっていいが、成果として報告書に入れねばならないため、作品の数枚はもらうぞ」

うなずいたカイトは、スケッチブックを差し出した。

コーチはそれをパラパラとめくり、満足げな表情をした。

「おおよそは見ていたが、完成作をこうしてまとめて見ると、やはり驚《おどろ》くべき才能だな」

サポーターもページをのぞいて、満足げにうなずいた。

キイがあわてて駆《か》けよると、他の四人も近づいた。

想像以上に激しい絵だった。だるそうなカイトからは想像できないほどエネルギーに満ちあふれ、今にもスケッチブックから飛び出してきそうな躍動感《やくどうかん》がある。

「すげえな。やっぱ、おまえ天才じゃね？」

思わずそんな言葉がキイの口をついて出た。

「すごくショッキングな絵だ」

レイジンがため息まじりにつぶやいた。

「カッコいい！」

マユ、タタン、マシュラが拍手《はくしゅ》をした。

カイトは表情ひとつ変えないが、頬《ほお》をうっすらと染めていた。

「どのページでもいいか？」

カイトがうなずいたため、コーチは中から三枚を切りとり、それを丸めた。

「車がきみたちをプロジェクト本部まで連れていく。そこで、これからのことを知らされるだろう。いずれにせよ、きみたちには選択《せんたく》する権利がある。養子縁組《えんぐみ》に関しては、本部で養親《やしないおや》の希望者と直接面会をし、数週間のトライアル期間を経てから決めることになっている。各々《おのおの》、よく考えて答えを出せ」

「コーチ！」

キイがニヤニヤしながらコーチを見上げた。

「なんだね？」

「あのさ、ここが建物の中の建物で、空がウソだってのは、オレたちもうとっくにわかってるけど、なんでそんなにがんばって演出をつづけたんだ？」

サポーターは笑うのをこらえているようだったが、コーチはまじめな表情だ。

「きみらの出した答えが、正しい答えだろう」

「はっきりしてくれよ。それに二階があるだろ？　やっぱ収納室に隠《かく》れ階段？　壁《かべ》の外にも壁《かべ》があるのは見たぞ」

コーチはポーカーフェイスだ。

「建物のことは、もうどうでもよかろう。きみがさまざまなことに疑問をもつのは良い習慣だ。疑問をもたずして人は成長しないし、科学も発達しない。考えること自体に意味がある」

「えっ、考えること自体？」

「さあ、門の外に車が待っている。さっさと行け」

「この建物がもともとあったのかだけでも、教えてくれよ！」

コーチは小さくため息をついた。

「改装されただけだ。いいかキイ、犯罪者になるなよ。中流階級に這《は》いあがる道はあるぞ。だが、あんな頼《たよ》りないシーツを用意するようではだめだ。這《は》いあがるなら、周到《しゅうとう》に用意して、計画的にやれ。わたしがそうしたようにな」

背中を押《お》され、全員がラウンジのドアから出る。

「えっ？」

キイはあわててふり向くが、ドアは閉まり、外から押《お》しても引いても、もう開かない。

「コーチ！　おいっ、あんた、オレとおなじ下流階級の出身なのか？」

ドンドンドアをたたくが、返事はない。

「だったら最初から言えっつーの！」

ドアに向かって文句を言うキイを、マユとレイジンが引っぱっていく。

「いいじゃん、そういう人もいるんだって、わかっただけでもさ」

マユになだめられ、キイは靴《くつ》をはきかえながら、うしろを何度もふり返った。ドアは閉まったままだ。玄関《げんかん》のドアを開けたカイトにつづいて、全員が外に出る。

うす暗くてなにも見えなかったが、パッと照明がついた。別の職員が立っており、「こっちだ」と誘導《ゆうどう》した。

六人はあたりを見まわす。大きな工場のような建物だった。はるか上に屋根が見える。

「このあいだ見た門は、やっぱ仮想《ヴァーチャル》だったんだな。インサイドの外側は味気ねえな。ちぇっ、結局、二階の謎《なぞ》の答えはなしかよ」

キイがふてくされると、レイジンやマユが笑った。

「きっと、そんなミステリアスなものじゃないよ」

「そうそう、単にもともとあった撮影《さつえい》用の建物をアレンジしたから、二階には技術室があるとか、空は仕方なく仮想《ヴァーチャル》にしたとか、そういうつまらない理由な気がする」

キイはもう一度、うしろをふり返った。

「どうもスッキリしねえが、ま、いいや。なあ、コーチたちって、兵士かな？」

「ちがうと思う。このプロジェクトは議会で決まったって言っていたけど、半官半民の組織のはずだよ。ぼくの父が個人的なメインスポンサーのひとりになっているのだから。でも雰囲気《ふんいき》からして、元兵士かもね」

キイはうなずいた。先ほどのコーチの言葉を思い出す。

――周到《しゅうとう》に用意して、計画的に登っていけ。

大きなシャッターが上がっていく。

グイーン。

まぶしい光の中に、大型車が停まっていた。

外に出て、キイは空を見上げた。みんなもつられて、上を見た。

本物の空は思ったよりも美しくなく、はっきりしない形の雲が見えている。肌《はだ》がベトベトするほどむし暑く、大きな太陽はギラギラしていて、ユスリカがまとわりついてくる。

遠くで大型トラックが急ブレーキをかける音が聞こえてきた。

「こんなのが外《アウトサイド》だっけ」

マユが視線を地上にもどしてそう言うと、みんなが笑った。

カイトが先に車に乗りこむ。マユ、マシュラがつづく。少し遅《おく》れてタタンとキイ、最後にレイジン。三人ずつ向きあうようにすわった。

ドアが静かに閉まり、運転手は車を出発させた。

「オレたち、このプロジェクトの本部だかに行くんだよな？」

キイの質問に、レイジンがうなずく。

「うん。養子縁組《えんぐみ》か養護施設《しせつ》のどれかを選ぶ権利があるって言っていたでしょ？　最初の規定では、養子縁組《えんぐみ》に選ばれたら、選択肢《せんたくし》がなかったんだよ。実は、このあいだ父や弁護士とオンライン面談をしたときそのことを知って、交渉《こうしょう》して、選択権《せんたくけん》をつけてもらった。それが、ぼくがこれから態度を改める条件だ。約束した以上、ぼくもきちんとやる。とにかく、ぼくなりにキトーを少しずつ良くしていきたい」

キイは拍手《はくしゅ》をしたが、カイトはププッと笑った。

「くだらない。十三歳《さい》のガキになにかできると思ってんのか？」

レイジンはカイトをじっと見た。

「そんなの、わかっているよ。ぼくひとりではなにもできないし、今すぐというのも無理だ。でもぼくたち、まちがったルールの撤廃《てっぱい》に成功したじゃないか。時間をかけてしっかり計画を立てれば、少しずつ、なにかが変わっていくんじゃないかな。だって、議員の中にもループ計画反対派がいるんだから、希望はあると思う」

キイはレイジンと肩《かた》を組んだ。

「いいぞ、レイジン。おまえが先頭を行くなら、オレはついていくぞ。けど、もし崖《がけ》に突《とっ》進《しん》していたら、オレはおまえを止めて、逆走するぜ」

みんなが声を出して笑った。

「ねえ、わたしもなにかできるかな？」

キイはマシュラのひざをたたいた。

「できる！　まずは、食う権利を主張しろよ！」

マシュラがうなずいた。

カイトだけは、車窓を開けて風を額に受けながら、渋《しぶ》い表情で言った。

「オレはこういう希望に満ちた空気が、大嫌《きら》いだ。現実的じゃない。オレの期待値はゼロだ。おまえらも期待するなよ」

「ちっ」

キイが舌を鳴らす。

「せっかく盛りあがっているのに、ぶちこわしだぜ。ま、こういうネガティブで心配性のヤツもいないとな。クッションなしで屋根から落ちると、死ぬかもしれねえからな！」

カイトがふり向いた。

「礼なら、素直《すなお》に言え」

「兄上、チクってくださって、大変ありがとうございました」

四人が同時に吹《ふ》き出した。

カイトはまた視線を外に移し、低い声で言った。

「クソガキ」

マユがゲラゲラ笑ってから、まじめな表情になった。

「カイトの気持ちもわかる。期待して裏切られると凹《へこ》むからさ。でも、最初からあきらめてるとなにも変わらないって、気づいたよ。実家に帰るハメにはなるけど、がんばる。ねえ、どこかで定期的に集まろうよ」

「そうだな。おまえら月一でオレらんとこのまずい川魚食いにくる？」

「いや、キイ、わるいがそれは遠慮《えんりょ》しておくよ」

レイジンがまじめに答えるから、キイは笑った。

「ジョークの通じねえヤツだな。希少な魚を金持ちに分けるわけねえだろうが」

レイジンはムッとした顔でキイを見てから、笑った。

「それもそうだ。定期的にどこで集まるか、本部に行ったあと決めよう。だいたい四人がどこに行くかもわからないんだし」

「ようしえんぐみの、はなしきたら、わたし、どうしよう。ひとりになるの、ふあんだな。みんなとおなじ、ようごしせつのほうがいいかなぁ」

マシュラがため息まじりにつぶやいた。

「コーチが言ってた『数週間のトライアル期間』ってのをやってから、決めりゃいいんじゃねえか？　良さそうな家族なら、それもいいと思うぜ。毎日たらふく食えるぞ？」

キイがそう言うと、マシュラがうれしそうにうなずいた。

「うん。そうだね。キイはどうする？」

「そもそもオレにはそういう話はこないと思うぜ。それにハウスの仲間が腹を空《す》かせているのに、自分だけうまい飯を食うってのもな」

「でも、もしキイにだけ、そういう、はなしきたら、ループにすんで、たべものあつめてきてね。あまって、すてられるたべものとか」

マシュラにそう言われて、キイはハッとした表情でうなずいた。

「そっか、その手もあるか。じゃあ、もしそんなうまい話がオレにきたら、もったいねえ食品レスキュー作戦のためにオーケーするかもしれねえ」

「そうだね。カイトは、もし養子縁組《えんぐみ》の話がきたらどうする？」

タタンの質問に、カイトは窓の外を見たまま答える。

「当然承諾《しょうだく》する。下流階級で自分ができることなんて、たかが知れている」

「たしかにそうだね。ぼくも、たぶん承諾《しょうだく》する。けど、いつか家族とも再会できるかもしれないし、将来旅芸人をしたい気持ちはなくならないんだよね」

「いいじゃん。国際レベルで有名になれば海外の家族からもタタンを見つけやすいと思うし、ゴージャスな旅芸人ってのも新しくていいと思うな。わたし全力で応援《おうえん》するよ」

マユにそう言われ、タタンは目をしばたたかせてから、笑った。

キイは急に姿勢をピッと正すと、みんなの顔を見まわした。

「さあ、従順な子羊はおしまいだ。全力で行くぞ！」

「行き先が崖《がけ》じゃないことをたしかめてからにしろ」

カイトが低い声でそうつぶやくと、キイは「そりゃそうだ」と苦笑いをした。

それから、しばらく沈黙《ちんもく》が続いた。

これからどうなるのか、期待と同じぐらい、不安もある。

「もし、ようしなって、ひどいことされても、じょうりゅうかいきゅうだから、なかったことにされちゃうだろうね」

ぼそりと言ったマシュラの言葉に、全員がハッとした。

「そんなことないよって言いたいけど……」

マユがマシュラの手をにぎり、レイジンがため息をついた。

「可能性がないわけではないから、養子が養親《やしないおや》を訴《うった》えることができるシステムが必要だよね。いざとなったらSOSを出せるシステムを先に六人で交渉《こうしょう》しよう」

「だまってちゃなにも変わらねえ。相手はオオカミだが、声をあげていくしかねえよ！」

四人はキイにうなずいたが、カイトはするどい視線をキイに向けた。

「相手はオオカミより恐《おそ》ろしい、金と権力を持った人間だ。そしてオレたちは、子羊どころか六匹《ぴき》のアリ程度の存在なんだ。踏《ふ》みつぶされておしまいだぞ」

キイは首をふった。

「だったら、つぶされないように相手の足の上に登りゃいい。インサイドのたった六匹《ぴき》が、アウトサイドで一千、一万になるかもしれねえだろ。毒を持つアリだっているし、いっせいに噛《か》みつきゃ相当痛いぜ」

カイトはあきれ顔でキイを見たが、四人はくすくす笑い出した。


前方に、巨大《きょだい》な太陽が出ていた。

本物の太陽は、目障《めざわ》りなほどまぶしかった。

あとがき

十年前、旅先《さき》でショッキングなことがありました。ヨーロッパの某《ぼう》大都市の中心部でショッピングバッグを持った人々が行き交《か》う中、目の前でホームレスの男性がバッタリ倒《たお》れたのです。あわてふためく私《わたし》や娘《むすめ》の背後には、信号待ちの超《ちょう》高級車が数台停《と》まっていました。やっと救急車が来たときには、すでにホームレスの男性は息を引き取っていました。

その大都市の中心部には、富裕《ふゆうそう》層しか住んでいない地区があります。例外はありますが、貧困層の地区は大抵《たいてい》中心地から離《はな》れた郊外《こうがい》にあります。少数の貴族が多くの一等地を所有しています。その国の名門大学のほとんどは国立ですが、幼年時から私立の名門校で適した教育を受けないとこれらの大学に入るのはとても難しいのです。貧富による格差だけではなく、決して超《こ》えられない階級の壁《かべ》があるのです。

中心から外へ広がる都市構造は、古代ローマ時代にもありました。イタリアの古都は城壁《じょうへき》で囲まれています。その中心には市庁舎や大聖堂、高級住宅地があり、離《はな》れるにしたがって庶民化《しょみんか》し、郊外《こうがい》の高速道路や外環状線《そとかんじょうせん》沿いには、貧困層の住む荒《あ》れた地区があります。

しかし、イタリアでは王政が廃止《はいし》され、学校はほぼすべて公立で、元貴族から難民に至るまで同じ教室で席を並べています。貧しくても、一流の国立病院の医療《いりょう》を受けられます。貧困層の子どもは大学の学費だけでなく、食券が配付されます。各都市は無料のコンサートを主催《しゅさい》し、未成年は美術館に無料で入ることができ、医療《いりょう》、学問、食が全員に保障されているのです。

そんなイタリアに長年住みながら、世界のあちこちを旅していたら、徹底《てってい》した階級社会について、多くのことを考えさせられました。そして今回、生まれつきの運命を受け入れるしかない子どもたちについて、十年前から書きたかったことをやっと形にできました。

これは現代の物語です。ＳＦでもファンタジーでもありません。設定は架空《かくう》の国ですが、これに似た現実はあちこちに存在しています。

世界のすべての子どもたちが、きちんとした食事と教育と医療《いりょう》を受けられますように。

二〇二四年一月

佐藤《さとう》まどか

作家

佐藤まどか

さとうまどか

『水色の足ひれ』（ニッサン童話と絵本のグランプリ童話大賞受賞）で作家デビュー。おもな著書に『アドリブ』（第60回日本児童文学者協会賞受賞）、『一〇五度』（第64回青少年読書感想文中学生部門課題図書）、『つくられた心』『世界とキレル』『雨の日が好きな人』『スネークダンス』『ノクツドウライオウ』『アップサイクル』『暗やみに能面ひっそり』など多数。イタリア在住。

画家

スカイエマ

児童書・文芸書の装画や挿絵、新聞・雑誌の挿絵などを幅広く手がける。作品に「ひかる！」シリーズ、『光車よ、まわれ！』『ぼくとあいつのラストラン』『林業少年』『アサギをよぶ声』など多数。第46回講談社出版文化賞さしえ賞受賞。神奈川県在住。

装幀　　西村 弘美

インサイド　この壁《かべ》の向《む》こうへ

2024年 1月 16日　初版発行

著　者　　佐藤まどか

発行者　　吉川廣通
発行所　　株式会社静山社
〒102-0073　東京都千代田区九段北 1-15-15
TEL 03-5210-7221
https://www.sayzansha.com

印刷・製本　中央精版印刷株式会社

装画／スカイエマ
編集／鈴木理絵

ISBN978-4-86389-769-4